CB049122

capa e projeto gráfico **FREDE TIZZOT**
encadernação **PATRICIA JAREMTCHUK**
tradução **NYLCÉA THEREZA DE SIQUEIRA PEDRA**
revisão **CHRISTIAN SCHWARTZ**

PRÊMIO HANS CHRISTIAN ANDERSEN 2012

"Obra editada en el marco del Programa "Sur" de Apoyo a las Traducciones del Ministerio de Relaciones Exteriores y Culto de la República Argentina".

"Obra editada através do Programa "Sur" de Apoio as Traduções do Ministério de Relações Exteriores e Cultura da República Argentina."

A 576
Andruetto, Maria Teresa
Caça / Maria Teresa Andruetto; tradução de Nylcéa Thereza de Siqueira Pedra. – Curitiba : Arte & Letra, 2019.

ISBN 978-85-7162-007-0

1. Literatura argentina I. Pedra, Nylcéa Thereza de Siqueira
II. Título

CDD Ar860

Índice para catálogo sistemático:
1. Ficção : Literatura argentina Ar860
Catalogação na Fonte
Bibliotecária responsável: Ana Lúcia Merege - CRB-7 4667

ARTE & LETRA
Curitiba - PR - Brasil
Fone: (41) 3223-5302
www.arteeletra.com.br - contato@arteeletra.com.br

MARÍA TERESA ANDRUETTO

CAÇA

CURITIBA
2019

exemplar nº 169

SUMÁRIO

Esta é a lei calada:/ por mais que
escandalize,/ a verdade interior/
— que trava a língua e anda pelo seu
túnel/ resistindo a si mesma—,/
deve ser revelada.

Rodolfo Godino

Os contos deste livro foram escritos ao longo de vinte anos, entremeados a outros projetos de escrita. Há dez anos, alguns deles foram editados com o título *Todo movimiento es cacería*. Agora incluo aqui novas e velhas histórias de caçadoras, traidoras ou vítimas que, culpadas, resignadas ou sarcásticas, constroem à sua maneira e para elas mesmas um destino. Sufocadas por torturas, culpas ou perversões, conduzidas pelo desejo ou pela determinação social, se destroem, reincidem ou se libertam. Ironia, ingenuidade ou tragédia. Circundei essas vidas imaginárias em uma dupla exploração de gêneros: o feminino e o conto. Somente em duas ocasiões o foco recai sobre homens; nas demais, trato de mulheres que nasceram de uma cena, de uma imagem ou de uma frase que pareciam resumir um jeito de estar no mundo. Cada conto é, de algum modo, uma biografia e contém em parte a minha biografia. Dedico-os a minhas amigas.

TUDO QUE SE MOVE É CAÇA

para Inés Vásquez

o universo é um lusco-fusco
andante bosque/ onde tudo o
que se move é caça.
Amelia Biagioni

Diana tinha redigido o anúncio quatro noites antes, enquanto Galia decorava a casa e Verena acertava os detalhes do cardápio. Desde o começo foi assim: Verena cuidava dos assuntos de cozinha e da maceração das carnes com temperos e conjuros que tinha aprendido nas Missões Africanas. Às vezes, Galia ajudava na preparação dos pratos, mas nunca na do prato principal; ali só quem se arriscava era Verena, que tinha estado na Boca do Ocre, às margens do rio das Mortes, e chegado até Niamey – quase morta debaixo do sol – para aprender entre os selvagens a condimentar carnes de caça.

Galia tinha morado algum tempo em Matadi, Catanga e Port Étienne. Diana, por sua vez, só tinha feito um cruzeiro por Molucas e – já embarcada no projeto – percorreu Tricomalee e Calamianas com o propósito de se aperfeiçoar nas maneiras de abordar a presa; mas nenhuma das duas aprendeu a cozinhar como Verena. A habilidade que Verena demonstrava na cozinha levou Diana – intensa, febril – a se ocupar das relações públicas e das questões de caça e Galia, que tinha um gosto refinado e era parente das pessoas mais ilustres de Buenos Aires, a se encarregar da decoração das salas e também do atendimento personalizado às clientes, marca distintiva do clube.

As três haviam desejado seguir outros caminhos. Haviam desejado intensamente, mas, como no poema preferido de Diana, os labirintos de passos que suas vidas teceram desde um dia qualquer da infância terminaram por conduzi-las àquela decisão. Sempre tinham sido mulheres enérgicas, ávidas por conhecer tradições insólitas, costumes que em alguma ocasião seriam proveitosos. Mas foi Galia quem teve a ideia, quem convidou as amigas de infância, no começo dos anos 1980, para fundar o clube. Antes disso, as três tinham militado em movimentos de mulheres e era isso, mais do que qualquer outra coisa, o que sustentava o projeto.

Já no começo, em conjunto, decidiram camuflar as atividades sob a forma de um serviço de acompanhantes gordas, e não poderia ter existido melhor subterfúgio, como logo puderam comprovar; mas não se tratava de um serviço de acompanhantes, era, na verdade, um clube com sócias, cobrança rigorosa de mensalidades, cerimônias de iniciação e ritos de passagem, e que oferecia, entre outras comodidades, sauna, salão de beleza, sala de massagem e, como razão de sua existência, um restaurante exclusivo. Se alguém telefonasse procurando uma gorda ou, ainda que dissimuladamente, deixasse entrever seu desejo de encontrar com uma, elas colocavam a máquina para funcionar. Trabalharam assim durante meses, de modo privado, secreto, para satisfazer a demanda de amigas e conhecidas, até que a matéria-prima foi insuficiente e se viram obrigadas a anunciar o serviço.

O anúncio dizia: *Acompanhantes gordas. Gordas dispostas a tudo.* Diana achou que soava bem e que muita gente se interessaria pela oferta. Muito tempo antes, as três haviam descoberto que há um tipo de homem que gosta de mulheres gordas e as encara entre o fetichismo e o voyeurismo. Ao chegar aos quarenta, descobriram as delícias da vida sibarítica e elaboraram um rigoroso cardápio de comidas no qual não faltava macadâmia, coco, castanha de caju e molhos engrossados com creme de leite, com o propósito de engordar pelo menos sessenta quilos em um ano. Ganhar peso, tanto peso assim, não foi – como de início acreditaram que seria – uma tarefa fácil. Cada uma a seu modo tinha passado vinte anos fazendo regimes, à procura de amores duradouros; até que tomaram consciência e decidiram mudar radicalmente de vida. Trocar tudo aquilo por amêndoas, chocolates, vitaminas de banana com leite e sanduíches de presunto cru com manteiga. Não mais escravas da balança, livres para engordar sem limites, ganharam rapidamente entre vinte e trinta quilos, e por aí ficaram, sem conseguir achar um modo de aumentar para sessenta, setenta, que era o necessário para, em forma, lançarem o serviço de acompanhantes e abrirem o clube para a clientela.

Tentaram com creme de avelã e mel no café da manhã. Acostumaram-se a interromper o sono com lanchinhos. Colocavam o despertador para as três, cinco e sete horas e tateavam no escuro os bombons de licor, as trufas, os chocolates em barra que tinham deixado em cima do criado-mudo na noite anterior. De manhã, devoravam azeitonas pretas, provolones, pães com pasta de anchovas, com patê com roquefort, com manteiga, e se entupiam do torresmo que a empregada lhes trazia do campo.

Propuseram-se a engordar pelo menos três quilos por semana, de modo a não atrasar os preparativos para a inauguração e, em alguns meses – no máximo em um ano –, ter condições de abrir um restaurante que se tornaria a principal atração, o ponto alto do clube. Mas o que no começo parecia tão fácil acabou se tornando uma tarefa que custou muito mais tempo e esforço do que o previsto. Engordaram o necessário somente quando decidiram comer aquelas carnes de caça, alcançando o peso indicado nos manuais e atingindo um grau estranho de beleza – pele e olhos luminosos –, com aquele olhar selvagem dos anúncios publicitários que se tornou o atrativo mais notável do clube.

Decidiram chamar o prato de manjar proibido, ainda que no cardápio aparecesse como *Carne vermelha de caça com finas ervas*. Verena tinha provado pela primeira vez no Congo Belga, e depois conheceu outras versões na Guiné Conacri e no Níger. Desde então, tinha tentado várias combinações de ingredientes e condimentos até encontrar o sabor que o caracterizava, um sabor contundente e delicado ao mesmo tempo, que as sócias iriam apreciar. Certa tarde, tendo conseguido uma peça de carne, experimentaram fazer uma versão com canela e concordaram que apenas aquele ingrediente não ficava bom, mas que uma pitada era necessária, e que não deveriam adicionar muito limão, pois a acidez ofuscava o elemento base. Cada ingrediente – fosse sálvia, estragão ou massala – precisava ser degustado várias vezes e assim, quase sem se dar conta, foram alcançando o peso necessário. Logo perceberam que o estragão não era tempero para um prato como aquele: tratava-se de erva para preparações suaves, legumes, peixes talvez, nunca cairia bem com o prato que estavam preparando. A primeira a perceber isso foi Galia. Ela descobriu que o alecrim era a erva adequada porque o seu sabor bem-definido fazia frente ao da carne, e que a páprica e o gengibre lhe davam um toque exótico e, além disso, avivavam e tornavam inconfundíveis os elementos. Também foi Galia quem percebeu que os melhores acompanhamentos eram os *chutneys* – especialmente o de pera – e o molho de ameixas que combinava bem com aquela carne e também com a de porco. Foi ela, ainda, a primeira a descobrir que, com as numerosas degustações, tinham engordado mais do que com os bombons, os chocolates em barra e a *nutella* que importavam em grande quantidade de Milão.

Estavam dispostas a levar o tempo que fosse preciso até abrir o restaurante exclusivo para mulheres selecionadas de maneira meticulosa, mas com aquela descoberta não foi preciso esperar muito, pois tudo aconteceu muito naturalmente. Em poucos meses, cada uma engordou mais de oitenta quilos e, assim, alcançados os requisitos fixados no regulamento, pouco a pouco trataram de estabelecer um hábito, um modo de canalizar os impulsos, de trazer os homens até elas, ávidas por começar a se dar alguns agrados.

Naquela manhã, receberam desde cedo algumas ligações – quase todas de fornecedores – que não tinham nada a ver com o assunto, até que a secretária veio dizer que ligavam a respeito do anúncio e passou o telefone para Diana. Quando alguém pedia uma gorda, ou quando elas suspeitavam que por trás de uma conversa havia tal interesse, começavam a tramar. Tratava-se de um procedimento minucioso porque era preciso passar a peneira, realizar um processo escrupuloso de seleção, até depurar a demanda e ficar apenas com os homens de necessidades mais ancestrais. Primeiro procediam a uma longa conversa telefônica para esclarecer dúvidas e averiguar qual era a natureza do desejo, pois, se tinha uma coisa da qual se orgulhavam, era a de satisfazer plenamente a clientela. Uma vez terminado o contato telefônico, vinha uma primeira aproximação, às vezes a única, com um questionário que incluía certos tópicos, como averiguar se eram casados ou se a mãe estava viva (de todas, a pergunta mais viscosa); averiguações que pareciam sem sentido, mas que tinham importância singular. Tudo conduzia a uma espécie de aquecimento e, se o cliente respondesse bem, se tivesse – como elas esperavam – um desejo descontrolado, então Diana combinava um encontro íntimo. Havia certa gratuidade naquilo tudo (ainda que um pouco de dinheiro sempre fosse necessário para recuperar o investimento) e as coisas funcionavam entre elas como uma confraria, com uma convicção similar à dos poetas mais extravagantes ou à dos membros de uma comunidade religiosa. Para dizer de outro modo, elas compreenderam rapidamente que a beleza é sempre horrorosa. Não por acaso o lema do clube era uma frase de Nietzsche escrita em letras góticas em cima da porta de entrada do restaurante: *Que tudo te aconteça, o belo e o terrível.* Tinham levado o sentido dessa frase ao extremo, fazendo com que cada um dos exemplares seduzidos a experimentasse vivamente. Não cogitavam aceitar meninos, procuravam homens feitos, foi uma coisa que pactuaram desde o começo. Os fracos, os pusilânimes, não eram destinatários dignos de seus esforços. A missão que desenvolviam – pensaram certa vez – era parecida a um esporte, à pesca da truta, por exemplo, na qual a habilidade da presa, sua resistência, aumenta o prazer do pescador. E, por estranho que possa parecer, era isso que os fazia cair na rede: ninguém desejava ser menos, todos contavam vantagem da quantidade de mulheres que haviam tido, alguns chegavam a dizer que em sua coleção só faltava uma gorda, e se vangloriavam com detalhes de mau gosto sobre o estado em que tinham deixado as mulheres seduzidas, ou contavam mentiras que as irritavam: que ninguém os compreendia e menos ainda as mães de seus filhos.

Inicialmente, somente as proprietárias trabalhavam como acompanhantes, ainda que em algumas ocasiões, se necessário, convocassem as sócias do clube, mulheres de gordura incipiente ou já consideravelmente gordas, as genuínas destinatárias do projeto, recrutadas havia tempo para a causa.

O homem disse a Diana que queria contratar uma gorda. Quando ela perguntou que medidas lhe interessavam, maneiras preferidas de abordagem carnal, dados de seu histórico com gordas, experiências anteriores com bulímicas, anoréxicas e mulheres com outros desvios de conduta alimentar, ele gaguejou, disse que não tinha imaginado que teria que dar tantas explicações. Ela esclareceu que todas as perguntas eram feitas com o propósito de oferecer o melhor serviço, o mais adequado às necessidades de cada cliente, e foi então que ele soltou a primeira confissão: era casado com uma mulher que só comia laranja e queijo branco e fazia seis horas de bicicleta por dia. Tossiu nervoso e disse que sempre tinha desejado ver como come uma gorda; disse também outras coisas, o que dizem todos, ela já está acostumada.

Diana logo percebeu que aquele homem era um grosseiro, como quase todos os que ligavam procurando gordas. Ele disse coisas que ela guardou cuidadosamente na memória, mesmo não tendo vontade de reproduzi-las mais tarde para as sócias; disse também que estava procurando por aquilo há meses e finalmente perguntou quanto cobravam pelo serviço; foi quando ela soube que ele tinha mordido a isca. Não estranha que ele lhe pergunte quanto pesa, porque ele não conhece os contratos, mas o cumprimento das regras era estritamente observado: ela jamais, por motivo algum, revelará o seu peso, sabe que essa negativa estimula o desejo. Ele ficou em silêncio do outro lado da linha, até que ela mencionou as ofertas especiais para homens com mulheres anoréxicas, e foi isso que o fez se decidir.

Diana combinou de encontrá-lo na Confeitaria do Moinho; disse que estaria lá às sete e que pediria um chá. Quando ele desligou, ela foi até o quarto procurar a roupa íntima de renda feita sob medida. Verifica se as alças do sutiã são suficientemente fortes, porque alguns homens se fazem de desajeitados. Escolhe cuidadosamente o que vai vestir; experimenta a calça malva estampada, a pantalona e o sobretudo lilás, mas se decide pelo vestido turquesa, porque sabe que aquele é o tipo de homem que gosta de emoções fortes, de cores chamativas, de decotes expondo a carne branca.

Na Confeitaria do Moinho, há três mesas ocupadas àquela hora da tarde. De uma delas, um homem magro, insignificante, olha para ela. O homem manda, pelo garçom, um papelzinho para Diana; o bilhete diz para ela pedir alguma coisa, o que quiser. Diana adora tortas, principalmente as de castanha e pede um pedaço. Come voluptuosamente. O homem escreve para que ela coma mais, para que continue comendo. Ela gosta dos doces expostos no balcão: um pudim de claras, um *tiramisù*, uma floresta negra, uma torta de coco. O garçom sugere a de coco, lembrando que é a especialidade da casa. Diana responde que prefere um folhado, porque pode lamber o doce de leite.

Ela sabe que deve continuar com o jogo até o final, excitando-o até o extremo de levá-lo para o clube. Ele pede que coma com as mãos, que chupe os dedos e que olhe para ele. Ela diz que para chupar os dedos o preço é outro, que tem uma taxa extra, mas faz o que ele pede, deixa que ele ganhe.

Depois, o homem manda que ela vá ao banheiro e solte a cinta elástica, porque ele não gosta de gordas atadas. Ela vai, tira a cinta e respira livremente: não é ruim que alguém a queira assim. Por um momento, algo lhe passa pela cabeça, pensa em um garoto que conheceu no segundo ano do ensino médio. Afasta logo o sentimento, nada pode distraí-la da causa que abraçou, dos propósitos traçados para o clube. Olha-se no espelho e passa a língua pelos lábios; em seguida se recosta à parede, desce a mão devagar pelas carnes soltas e continua descendo até a fenda úmida — e vermelha como uma flor de carne — pensando naquele garoto que se chamava Pablo e na tarde em que se amaram atrás de uma parede por onde trepavam essas flores brancas chamadas Damas da Noite. Sabe que lá fora, sentado no salão, está o homem que a contratou e que paga para que ela esteja ali, naquele estado, e que conte para ele. É o que faz. Sai do banheiro, vai até a mesa e escreve em um papel o que fez, escreve que o fez pensando nele e que, por favor, ele a leve para algum lugar onde possam ficar a sós.

Ele se aproxima da mesa, senta-se diante dela e diz, sorrindo, que tinha pagado para vê-la comer — esse era o combinado — mas que aceitaria ver como ela se despe, como fica de roupa íntima. Ela entende rapidamente que as coisas estão chegando ao ponto desejado, um ponto sem retorno. No caminho, ele tenta tocá-la, mas ela não deixa; depois o sujeito pergunta coisas, o que perguntam todos. Diana se cansa com gente dessa laia, com suas perguntas e afetações; nem sempre responde, mas agora diz algo próximo à verdade: são três as donas do negócio, as outras são sócias, e se trata de um lugar exclusivo para mulheres. Contou porque o homem lhe inspirava alguma confiança, depois, como se fosse sem querer, disse que se aventuravam em formas de prazer pouco usuais, algumas — ela acreditava — exclusivas da casa, já que não apareciam nem no *Kama Sutra*.

Diana viu como ele se acomodava no banco, com cara de satisfeito; pegou a mão dela e começou a beijá-la. Estava tão ridículo, quase sumindo no fundo do assento, que parecia um boneco. Imaginou-o em cima dela: um fantoche sobre seu corpo enorme, tentando satisfazê-la. Então ele começou a falar, não parou de dizer que a mulher estava internada, que sempre tinha sido seletiva com a comida, que cozinhava sem azeite em frigideiras de teflon e, se saísse da dieta, se castigava com cem flexões para compensar, mas que, até o dia em que a levaram de ambulância para o hospital, nem ele nem ninguém tinha percebido que ela fazia seis horas de bicicleta por dia e estava doente de tão magra. Também disse que não imaginava como as coisas iam acabar, mas que sentiu uma imensa vontade de transar com uma gorda porque merecia uma desforra. Eufórico, colocou a mão na perna de Diana. Ela levou a mão delicadamente até a coxa dele e a deixou ali, respondendo que para ela também seria um prazer.

A sala era um lugar asséptico, lembrava um hospital. Tinha um grande sofá branco, uma *chaise longue*, algumas almofadas no chão e janelões que davam para o pátio interno, com grossas cortinas brancas. Apenas um tapete de juta e alguns artesanatos orientais revelavam as viagens e a rica experiência de suas donas.

Diana conduziu delicadamente o homem até o sofá, serviu-lhe uma bebida e colocou música. *El amor brujo* combinava com a ocasião. Tinham muitas gravações, mas pôs para tocar a de um trio de mulheres, uma versão pouco ortodoxa marcada, ao fundo, por um melodioso dueto de flautas. Desabotoou o vestido e o colocou sobre a *chaise longue*, depois tirou o sutiã e despontaram, livres enfim, os peitos, os mamilos claros de quem nunca amamentou, e a calcinha de renda vermelha oculta por baixo de uma sobressaia de carne leitosa. Então dançou para ele e deixou que ele a olhasse: se soube bonita, como uma modelo de Botero. Tinha aprendido a dançar no Carnaval do Rio, quando passava as férias na praia em busca de aventura, porque naquele tempo estava interessada em pescar, não em caçar, como agora.

Quando chegou mais perto, Diana percebeu o medo passando pelos olhos dele, mas anulou qualquer resistência olhando-o intensamente e pedindo que tivesse coragem porque o que viria era, realmente, o ponto alto. Ele tentou se sobrepor ao contato de uma língua estranhamente doce sobre seu sexo, era possível ver o esforço que fazia para manter a dignidade, até que ela avançou tanto que ele não teve outra alternativa a não ser se entregar.

Diana tirou o que lhe restava de roupa — uma camisa listrada — e montou em cima dele. Ele mal conseguiu balbuciar que ela o estava machucando. Pouco depois, sufocado, conseguiu dizer que estava sem ar, e só mais tarde implorou, com voz entrecortada, que ela descesse porque o estava asfixiando. Mas ela continuou em cima dele, cavalgando cada vez mais forte, e, a ponto de gozar, tapou-lhe a boca para não escutar os gemidos. Foi assim que os dois estremeceram juntos.

Somente quando constatou que o homem estava inerte, desceu e tocou a campainha. Galia abriu a porta timidamente e perguntou, com sua voz de menina que mal dava para escutar: *Pronto?* Ainda nua, extenuada, Diana fez que sim com a cabeça. E então Galia deu passagem a Verena.

Com o olhar perdido, Verena caminhou até o sofá onde estava o corpo quente do homem. Ajoelhou-se a seus pés e abriu a maleta de couro cinza. Tirou as facas de aço damasco compradas em Toledo e as limpou minuciosamente, uma por uma, com gaze. Depois começou o trabalho. Não tinha tempo a perder, pois estavam sem mercadoria desde a semana anterior. Era preciso trabalhar rápido, deixar o corpo resfriar a noite toda ao sereno e preparar a comida para o jantar de sábado, sempre o mais concorrido.

AS MARCAS DO QUE ERA

para Leila Franco

Onde há gelo, há frescor para dois.
Para dois: por isso te fiz vir.
Paul Celan

Da rua, ouve junto com o barulho do ônibus a narração de um jogo de futebol. É então que se dá conta – antes não tinha percebido – que só há homens no *Savoy*. Não sabe por que entrou naquele bar que frequentava em outra época, talvez porque fique perto da rodoviária, e porque ali, naquela ruela, pareça um lugar seguro. Em outra mesa, bêbado, alguém dorme, babando em cima da fórmica; os ventiladores não espantam nem o calor nem as moscas.

Repetiu mais de cem vezes para si mesma que não sente nem vai sentir medo e, apesar de os oito anos fora do país terem apagado os endereços dos amigos que tinha na cidade, é invadida pela sensação de estar esperando alguém. Ainda em Roissy, antes de decolar, não conseguiu controlar o impulso de folhear a agenda, mas logo confirmou que nenhum dos amigos daquela época havia resistido à poda dos anos.

Até o último momento, Antoine tinha pedido que ficasse. À sua maneira, com a angústia de quem pressente uma catástrofe; tinha pedido aos amigos – os únicos que tinham em Grenoble – que a convencessem. Mas ela não poderia se deixar convencer, não daquela vez. Durante muitos anos desejou voltar, um desejo animal, intenso como o medo; houve uma vez em que chegou a ir à *Air France* – ao serviço de reserva de voos – para depois desistir com a ajuda do marido, que cuidava mais dela do que ela mesma. Antoine era de uma bondade tão extrema que ela duvidava que uma mulher não pudesse amá-lo. Essa foi a impressão que teve desde o fim de semana em que o conheceu, quando Íris era uma recém-chegada – pouco depois de tudo aquilo – e ele trabalhava no grupo de apoio. A primeira coisa que pensou naquele momento – quando falavam sobre isso os dois choravam de tanto rir – foi que ele parecia um pregador, uma Testemunha de Jeová, do tipo que costumava aparecer na sua casa de infância aos domingos e a quem o pai dispensava com uma portada; ou um mórmon, porque Antoine era tão loiro e tão limpo. Com o passar dos anos tinha entendido que se tratava apenas de um homem bom, e que essa bondade lhe havia dado em troca uma vida branca, impoluta, como a camisa de um mórmon.

Antoine a amava, mas ela não entendia por que aquele amor às vezes era sufocante; nunca tinha dito nada. Ele não iria entender e ela temia – com um gesto, com uma palavra que lhe escapasse – por tudo a perder. Sempre havia bastado um pedido seu para que ele estivesse atento e disposto; e foi assim que fizeram aquela viagem para as ilhas gregas e para Fez, com a qual Íris tinha sonhado por tantos anos. Para não ter mais amigos do que ela, que tinha perdido todos, Antoine, pouco a pouco, foi abandonando os seus amigos franceses até sobrarem Chela e Michel. Pensando agora ela percebia que – por amor – Antoine havia cedido em tudo, sempre disposto a satisfazer os desejos dela, exceto o de voltar.

Cada vez que Íris falava em voltar, Antoine entrava em desespero, um desespero tal que ela chegou a pensar que era algo mais do que o simples desejo de cuidar dela. Íris não sabia que sentido haveria em voltar, apenas compreendia silenciosamente que voltaria, do mesmo jeito que tinha acontecido com a fuga, longamente planejada. Das outras vezes se havia deixado convencer, mas agora não. Talvez, disse para si mesma, fosse porque a mãe estivesse morrendo, ainda que ela, morta em vida, deitada em uma cama e inconsciente havia anos, nada soubesse da volta da filha; como explicar a Antoine que mesmo assim queria vê-la? Acredita que por isso voltou, para ver o que foi um dia o corpo da mãe, agora uma coisa sobre a cama; mas não tem certeza.

Ela precisava voltar e isso é algo que Antoine jamais entenderá. Às vezes ela pensa que a vida é muito simples para os que traçaram um caminho sem volta. Mas o que dizer daqueles que se viram obrigados a procurar atalhos, a se perder em becos escuros? Antoine não entendia dessas coisas e ela – ainda que quisesse – não conseguia explicar. Só falava sobre o seu desejo de voltar com Chela, porque ela também era uma estranha na França; e, no entanto, a amiga dizia que pensasse bem, que aquilo era perigoso.

Fazia anos que Íris não pensava em outra coisa. Primeiro com medo, escondida de Antoine, sem confessar a ninguém aqueles sentimentos que foram crescendo, ramificando-se em cada carta de início temida, mas depois – não sabia por que razão – esperada. Nós, seres humanos, nos conhecemos muito pouco, disse a Antoine em uma tarde em que caminhavam nos arredores de Grenoble conversando, como todo mundo naquele momento, sobre os assassinatos em série de um comerciante de Lyon.

No aeroporto de Pajas Blancas comprou o jornal e o abriu para ler no táxi que a levaria até a rodoviária. Em seu país, mais do que em qualquer outro lugar, as manchetes lhe pareceram risíveis: centenas de homens respeitáveis não eram mais que assassinos e agora seriam julgados porque tinham feito coisas que impressionavam as pessoas; não ela, claro, mas gente como Antoine. O garçom traz uma garrafa de água mineral. Ela vê uma mancha de suor na axila dele e sente nojo. Também sente nojo do pano engordurado e da mesa com queimaduras. Depois escuta passos e se lembra do barulho das botas que vinham pelos corredores há muito tempo, assim como do suor gelado que lhe brotava ao ouvi-las.

Atrás dela, o homem diz uma única palavra e Íris o reconhece: continuava escutando aquela voz em seus sonhos e a reconheceria onde quer que estivesse. Além disso, Antoine tinha lhe dito que, dormindo, repete insistentemente um nome, e ela sabe que nome é esse. Ela ainda não viu o rosto, nem precisa vê-lo, quando sente o contato – é apenas a pressão de dedos no seu ombro – e, como antes, o arrepio. Ele se senta, estende uma das mãos por sobre a mesa e toca a mão dela.

Só depois de algum tempo, quando o que acontecia deixou de ser a vertigem de uma tarde de janeiro, ela tentou puxar a mão; mas ele a reteve por um dedo, um único dedo, o mindinho. Íris o imaginou puxando com força até arrancar-lhe o dedo, com o que ela conseguiria, finalmente, se soltar e sair dali, com a mão sangrando. Ele avança pela palma, sobe pelo braço, percorrendo a pele descoberta. Íris tenta dissipar seus pensamentos: queria apagar principalmente o desejo que sentiu, contrariando qualquer lógica, e o dia e a hora em que ele a viu e a escolheu entre todas; mas ela sabe que apagar aquele momento implicaria apagar a vida inteira e adentrar em caminhos não percorridos, becos sem saída que acabam em lugar nenhum. Ele disse alguma coisa, a chamou, não pelo seu nome, mas como costumava chamá-la naquela época, quando ela era sua; tinha um tom de voz que os anos não haviam apagado, tão alto que os que estavam sentados à mesa em frente se viraram para olhá-lo.

Íris observa a avenida pela janela: vê os ônibus passarem, sabe que logo vai passar o seu. Ele pegou o maço de cigarros e lhe ofereceu um, mas ela não fuma; em seguida abriu o paletó à procura do isqueiro dentro do bolso e, por trás do tecido bege, ela viu um *Dupont* azul esmaltado que conhecia bem. Ele acendeu o Marlboro e deu umas tragadas, fazendo fumaça e avivando a brasa; ela soube o que viria em seguida e se concentrou nos braços, nos pelos escuros. Sabe que a brasa chegará até a sua carne – que ele sabe fazer isso muito bem – e se dispõe a suportar o que está por vir para não lhe dar o prazer de vê-la como das outras vezes; mas ele se deteve antes – pouco antes – e dali não avançou. Mais do que a dor, são as lembranças que têm guardadas, e das quais não consegue se desfazer, que a paralisam. Se fosse possível apagar a memória, de um sopro cessariam as dores passadas e as que viriam; mas não consegue. Sentiu o calor, a brasa queimando-a, o cheiro de pelos queimados. Já havia sentido o cheiro de carne queimada, e isso não é algo que se possa esquecer. No entanto, não tentou tirar o braço. Pela sua cabeça passaram corpos marcados: tinha sido obrigada a ver aquelas coisas e agora não podia apagá-las; tinha sido obrigada a ver e tudo aquilo não deixou de se repetir dentro dela enquanto viajava a Fez, dava aulas de espanhol ou fazia amor com Antoine. Também agora escutou os gritos – eles nunca tinham se calado –, uns sobre os outros se misturavam com os seus lamentos.

Lembrou-se da mãe moribunda e soube que não iria vê-la. Calculou as horas que a separavam do momento que ficaria para sempre despojada de sua raiz; calculou também a distância até a porta e até o homem que atendia atrás do balcão, imaginando um subterfúgio, mas sabia que nenhum milagre alteraria o ritmo das coisas. Ele disse o nome do lugar onde a havia mantido em cativeiro aqueles anos – o lugar de onde a sequestraram e depois a casa – e lembrou a ela as coisas que tinha feito em troca da promessa de que a deixariam viva. Naquela casa, ela havia se deitado com ele sem se esquecer de quem ele era e do que havia feito, tampouco do que tinha feito com ela e até que ponto a havia subjugado. Era algo que Antoine não compreendia porque – agora percebe – para sua mãe, para Antoine, para seus amigos, para ela mesma, era impossível compreender que tivesse dito sim, que tivesse se deitado com ele e feito as coisas que fez para continuar viva.

Ela o ouviu perguntar se recebia as cartas e os presentes que lhe mandava, mas não respondeu. Olhou para as mãos dele, para os seus dedos longos, para o anel com as suas iniciais e então, pela janela do bar, viu que o ônibus se aproximava pela avenida. Ele perguntou pelas cartas mais uma vez, pelas cartas que fazia anos lhe mandava e que – sem que ela soubesse como – tinham chegado regularmente a todas as casas de todas as cidades nas quais havia morado; continuava perguntando, apertando-lhe o braço, até que Íris disse que sim.

Tinha o olhar perdido em algum lugar longínquo quando, levando a mão ao rosto do homem, desenhou-lhe a boca com o dedo. Depois começou a chorar, indiferente a que ele a visse assim, e repetindo por que ela, por que precisava ter sido ela a escolhida. Curvada sobre a mesa, molhando com suas lágrimas a fórmica como o bêbado que dormia ali ao lado, Íris repetiu a pergunta até perder as forças, enquanto ele lhe acariciava os cabelos. Com aquela carícia, ela estremecia, empapada de suor.

UM VELHO HOMEM NO MEIO DO CAMINHO

para Lilia Lardone

O mais desconcertante é que todas
as coisas úteis têm um preço
e só podem ser compradas
com dinheiro.
É assim que o mundo
se organiza.
Carson McCullers

Suba, patrão, levo o senhor, disse-lhe. Pensou que o outro responderia com uma palavra amável, quem não precisa disso? Ele precisava, uma palavra de agradecimento, porque dinheiro não é tudo na vida; mas o velho, que se aproximou do carro arrastando a perna, limitou-se a comentar: É a gota, não me dá trégua.

Logo cedo tinha feito um negócio incrível, magnífico, mas não era dos que pensavam que tempo é dinheiro; ainda que tivesse mil coisas para fazer, ele podia parar, desviar uns minutos do caminho para levar o velho, afinal de contas, isso era o que tinha aprendido em casa. Os olhos marejados e a roupa lhe chamaram a atenção, e também o tempo que demorou para acomodar o corpo dentro do carro, uma perna e depois outra, a que arrastava, mas ele estava bem-humorado e ficou batucando no volante enquanto acendia um cigarro e esperava o velho subir, observando-o se desmontar com suas roupas sujas no Volkswagen Tuareg.

Estava empenhado em fazer uma boa ação, mesmo sem saber muito bem por quê, e não era do tipo que abandonava facilmente o que queria. Costumava ver o velho em Laguna, perto do semáforo, no caminho do silo. Não sabe explicar por que nunca tinha pensado em levá-lo, mas hoje vai fazer isso, hoje está eufórico, sem nenhum motivo extraordinário. Um velho parado no semáforo, pedindo que o levem a algum lugar, um velho necessitado como aquele era o que ele precisava naquela manhã. Acabara de vender a colheita pelo melhor preço, um lance de sorte, pois mal fechado o negócio entrou no carro, ligou o rádio e escutou que o preço tinha baixado. O funcionário do silo era um rapaz novo, se enrolou um pouco até que perguntou se precisava de comprovante e se devia fazer uma transferência. Depois do que aconteceu com os bancos do país, tinha voltado a trabalhar à moda antiga, um bolo de dinheiro em um bolso, outro bolo no outro, e o resto embrulhado em um jornal; usa o que é preciso e o que sobra, como fazia a sua mãe com as poucas economias da sua época, vai para uma lata vazia no fundo do quintal, já sabia onde.

Tinha feito uma boa venda, no melhor momento, algo que tinha aprendido com o pai. Sabia que ele não teria gostado que tivesse tirado os animais do campo, que tivesse dado fim ao estábulo e que se dedicasse unicamente à soja; o fato é que, na época do seu pai, a soja não existia, é uma invenção nova, uma grande invenção.

E pensar que antes, com o estábulo, tinha que se matar no campo, o ordenhador, o peão e ele botando os bofes de fora, ou acompanhar a cotação do Mercado de Liniers com o coração na boca; se tivesse continuado com aquilo, a Gringa teria ido embora fazia tempo. Depois de pensar muito sobre o assunto, se convenceu que o melhor a fazer era o que estava fazendo, aprender com os mais velhos o que serve, mas com espírito renovado, para se dedicar ao que dá frutos.

No caso do cereal, é difícil saber se vender e quando, porque o preço pode continuar subindo, e aí a gente vende hoje e amanhã se dá conta de que perdeu dez ou vinte por cento, ou dorme com a ambição de ganhar um pouco mais e acorda com o preço caindo. Mas hoje ele tinha vendido ao melhor preço, um golpe de astúcia ou de sorte. Durante aqueles anos, tinha aprendido a comprar terra, a plantar o que convém e a colher quando se deve, tinha aprendido na marra com tudo o que aconteceu, por isso, e não por outra coisa, é que pôde juntar um dinheiro, erguer uma casa na cidade para que a Gringa não reclamasse, investir em apartamentos, comprar a quatro por quatro, o Volkswagen Bora e um lugar para se encontrar com a Patrícia.

Sua mãe escondia o dinheiro em um canto da cozinha – ele se lembra bem – e pagava com galinhas e ovos o homem que passava vendendo roupas, e assim funcionava o caixa, aquela lata onde guardava o dinheiro. A velha, sim, era um fenômeno, coitada da velha; tinha sido aquela a maneira como seus avós pagaram pela terra e seus pais conseguiram comprar alguns hectares do vizinho para que ele e a irmã pudessem ter *cada filho uma terrinha*, como a mãe gostava de dizer e repetir até que foi internada no asilo. Ele não conseguia imaginar a Gringa criando galinhas, vivendo entre as vacas, é possível que nem se lembre de como são, pois já não vê galinhas nem vacas desde que era pequena e seus pais trabalhavam de ordenhadores nas terras ao lado; lembra bem de como a Gringa, quando ainda eram recém-casados, atazanou para que fossem embora para a cidade, *Estou cansada desse lamaçal*, dizia, *porcaria de terra*, era maníaca por limpeza. E foi assim que deixaram a casa de campo, ficou para o peão a casa que tinha tudo, e foram morar na cidade em uma casinha minúscula com vista para o calçamento, em uma rua iluminada por luz branca, como a Gringa queria. Hoje, sim, valia a pena morar na cidade, como moram agora, na casa que construíram atrás do Clube, mas, para ter aquele casarão, teve que esquecer do estábulo e mentir para a mãe, que lhe perguntava quanto leite estavam dando as vacas cada vez que ia ao asilo visitá-la.

Vai pra onde, amigo?, perguntou ao velho, e o velho respondeu que até a esquina de La Almada, onde ficaria esperando por uma carona para o trecho seguinte, pelo caminho de terra, até sua casa. Enquanto o velho falava, ele teve uma ideia: passar pela concessionária e comprar um Corolla vermelho para a Gringa. Se tiverem um disponível, compra na hora; também pensa em comprar passagens para Orlando, para que a Gringa vá com as crianças, com a condição de que ele fique, e assim possa ter uns dias com a Patrícia porque se não ela vai ficar de bico. Às vezes, fica na dúvida se ter duas mulheres é bom ou ruim, algo um pouco complicado para homens como ele, talvez tivesse sido mais fácil fazer como seus pais, que envelheceram juntos, reclamando e renunciando, mas juntos. Ativa o viva-voz e liga para a concessionária: *Cara, quero fazer uma pergunta. Você tem um Corolla vermelho? Não, metalizado não, tem que ser vermelho, uma surpresa. Tem um reservado? Mas eu pago em cash. Estou dirigindo, vou para casa. Se conseguir liberar ele me liga que eu passo aí. Senão ligo pro Lombriga e você perde o negócio!*

O velho tossiu, pareceu que ia dizer alguma coisa. Disse: *Me desculpe, mas...*, depois não disse mais nada, e então perguntou a ele o que fazia parado no semáforo. *Vou lá pra fazer os raios x*, respondeu o velho, um tratamento, uma longa viagem, mais do que longa, cansativa, de La Almada até a estrada e da estrada até o hospital de Laguna, tudo isso para uma sessão de raios x que tinha durado cinco minutos. Chegava e o colocavam em uma máquina, escutava um ruído seco, como se tirassem uma foto, e já nada mais que fazer até o dia seguinte. *A patroa gosta de vermelho?*, perguntou o velho finalmente. Ele começou a rir com vontade, *encasquetou que quer um carro vermelho. O senhor é casado? Se deu bem com as mulheres?* O velho pigarreou antes de falar: *Fiquei viúvo muito cedo, com os filhos pequenos... Sabe?, eu queria lhe pedir...*

Teve que interromper o velho porque o viva-voz tocou. *Conseguiu ajeitar as coisas, Garbino? Em quinze minutos estou aí.* Deu meia-volta, entrou na curva, depois pela estrada margeada por álamos, passou de novo pela cidade que tinham acabado de deixar para trás e parou na concessionária. *Aguenta um pouquinho aí, patrão?*

O viu descer do carro, enfiar a camisa por dentro da calça e entrar na concessionária Garbino Automóveis; pelo vidro, observou como gesticulava e ria com o outro homem. Escutou gritos vindos de trás, da rua, tentou com esforço se virar, mas mal pôde virar a cabeça; não conseguiu ver muita coisa além da parte de trás do carro, onde havia uma boneca, um embrulho de jornal caído no chão e uma jaqueta de couro pendurada na janela. Estava inchado, a ponto de estourar, e não conseguir segurar; tinha tentado pedir ao homem várias vezes que parasse para poder urinar no acostamento, mas sempre alguma coisa o interrompia, e agora estava em um carro, em uma rua da cidade, teria dificuldade para descer dele sozinho e também não podia fazer na frente das pessoas que passavam.

O homem demorou muito, tanto que o velho já não sabia o que fazer com a perna, inchada como um garrafão, mas finalmente voltou com um par de chaves que fez tilintar como um sino. *O senhor me deu sorte, patrão, está dando tudo certo hoje*, disse enquanto arrancava. O velho sorriu, os olhos ainda mais marejados do que antes. Atravessaram a cidade e retornaram para a estrada dos álamos. *Bom, amigo, já estamos chegando*, disse, pouco antes do cruzamento para La Almada.

O velho desceu devagar, com dificuldades para levantar o corpo, uma perna e depois a outra, a que arrastava. Ele se lembrou de uma tarde em que atravessava a rua com o pai, uma tarde dos últimos dias de seu pai, tinha começado a chover e ele não se decidia se deveria avançar ou retroceder em segurança até a calçada. Essas coisas a gente nunca sabe, vai que tentando fazer o bem ainda humilha o velho; é preferível que desça sozinho, do jeito que conseguir, paciência, a vida é assim mesmo. Por sorte ele sabe esperar, naquela manhã ele pode esperar que um velho desça do carro do jeito que consegue, no seu ritmo.

Boa sorte, patrão, até a próxima. Pisava no acelerador quando escutou a voz gasta e fraca do velho dizendo *Obrigado*. Já havia percorrido um par de quilômetros quando, com um movimento automático, colocou a mão embaixo do banco e descobriu que o embrulho não estava lá. *Velho ladrão*, disse, enquanto fazia a volta.

O velho ainda estava no cruzamento. *Nem imaginou que eu ia perceber na hora*, pensou. E quando o outro perguntou *Alguma coisa errada, amigo?*, ele se lançou para cima do velho: *Tá pensando o quê, seu velho de merda? Acha que sou idiota?*, gritou sacudindo-o enquanto examinava o fundo daqueles olhos marejados. Não encontrou nada além da teimosia de um velho. Então o agarrou pela camisa e o interpelou: *Onde você escondeu, diz, onde meteu a grana, filho da puta?*, mas o velho não disse nada, só soltou um gemido e, por um instante, pareceu que ia desmaiar.

Acabou tendo que apoiar o velho teimoso no Volkswagem Tuareg, levantou as mãos dele sobre o capô, enquanto chutava a sua barriga, dizendo *devolve a grana, já falei*. Apalpou-o para ver onde tinha enfiado o embrulho, impotente diante da obstinada mudez do outro. *Me dá o dinheiro, seu velho de merda, ou te chuto o saco*, foi a última coisa que disse, enquanto o velho molhava as calças, como costumava acontecer com o seu pai.

URUBUS SOBRE UMA CABRA

para Mirta Almanza

Bebi as águas de Shu-Am/
como se não estivessem contaminadas./
Às margens/ do rio silencioso/ crescem
flores amargas/ sobre as quais
descansei, lendo./ E não
pequei mais/ que o necessário.
Susana Cabuchi

Quando abriu os olhos, sem ainda entender onde estava, acreditou ver-se outra vez naquela casa, jogada no chão, com aquele peso sobre ela e as rosas tão perto do nariz; mas estava ali, deitada na cama, já havia alguns dias. O homem do sonho, assim como o da vida real, era velho e gordo, e usava um relógio de bolso. Na tarde em que o viu pela primeira vez naquele verão, vestia um terno escuro com colete. Continuou olhando para ele como se um foco de luz, um círculo, o tivesse encurralado até a morte. Ao lado da cama havia um abajur, uma lampadazinha envolta por um tecido florido, que Ivonne tinha lhe trazido no dia anterior para que ela pudesse ler fotonovelas à noite, quando o sono fugia para um lugar desconhecido: mas ela não conseguia ler por causa da febre.

Deitou-se com o velho durante muitos anos, já não se lembrava quantos, até que ele não pôde mais do que tocá-la; e, se continuou ao lado dele, foi para não dar um desgosto à mãe. Naquele tempo, sentia o perfume adocicado sobre a pele frouxa do pescoço e o peso da sua barriga sobre ela e olhava, como agora, para o teto, mas com ele por cima; e na parede não havia manchas, apenas um lustre de cristal que fazia barulho com a brisa. Os homens que vieram depois também a tinham montado torpemente, mas nunca sentiu nojo deles. Eram homens que arrotavam cebola, alho, as comidas que Eudora cozinhava, e no entanto nunca sentiu nojo deles. Alguns, de tanto puxar cordas e amarrar barcos, tinham uns esporões como os dos galos na parte de baixo dos dedos das mãos, e ela gostava que esfregassem os seus mamilos com aquelas mãos, e de manhã, quando se lembrava daquilo, sentia umas cócegas lá embaixo e vinha a certeza de que estava ficando molhada. Talvez não sentisse nojo porque eram jovens, homens que puxavam cordas e se queimavam no sol e que de noite, depois de comer a comida de Eudora, precisavam de uma mulher para descarregar a raiva e tudo o mais que traziam dentro. Tem a impressão de que sentiu carinho até mesmo por aqueles que montaram nela apenas uma vez: homens que trabalhavam a semana inteira nos barcos trazendo a pesca, para quem as únicas alegrias eram tomar uma cerveja e pagar uma mulher. Sabe que pegou de algum deles a peste que a apodreceu, já não podia trabalhar, mas não o culpava; não sabe de quem pegou e, se soubesse, não o culparia. À sua maneira aproveitou a vida que lhe coube, se afeiçoou a ela.

Não nega que uma vez sentiu vontade de ir morar com um homem. Foi com aquele viajante que chegou uma noite ao seu quarto, perfumado e de terno; ela nunca tinha estado com alguém que usasse terno, exceto o velho. Talvez por isso não tenha querido cobrar. Ele colocou o dinheiro em cima do criado-mudo e ela pediu que o guardasse. *Aceite o meu presente*, falou, e discutiram um bom tempo, até que o homem guardou o dinheiro. Não contou para ninguém, só para Ivonne, com a condição de que ela não contasse nada para a Madame.

Estava no seu quarto e tinha se coberto com a colcha. Pegou um espelhinho e a pinça e começou a se depilar; tirou um por um os pelos das sobrancelhas e também olhou para a cicatriz que Pedro Gómez tinha lhe deixado. Ela não gosta dessas coisas, a mãe tinha lhe explicado detalhadamente que qualquer outra coisa que um homem quisesse, tudo bem, menos bater; tocar, sim, e tudo o mais que quisesse, mas tirar sangue, isso não, que os Linares eram gente decente e se permitir apanhar, por mais pobres que fossem, isso é que não, que pegar podiam pegar onde quisessem, a mãe lhe explicou quando ela tinha treze anos, e deu no que deu; pegar, tudo bem, afinal de contas depois a mulher se lava, mas que a deixassem roxa, não, porque não só doía mas também dava para ver.

Estava na cama, tirando os pelos das sobrancelhas e olhando para a cicatriz, com os olhos parecidos com os de seu pai, mas mais escuros, e a boca e a língua que os homens gostavam. A Madame sempre dizia que, no trabalho, não era para oferecer a boca, mas esse era um pensamento à moda antiga e ela não lhe dava importância. Naquela noite, teve o pressentimento de que um homem como aquele entraria no seu quarto, porque sentiu vontade de se arrumar. Passou base e pó; nesse momento a porta se abriu. Na penumbra, ela não conseguia ver quem era, nem saber se se tratava de um cliente; percebeu apenas que alguém alto e magro tinha entrado no quarto. Ele se aproximou da cama, à luz do abajur, e então ela viu um homem como nunca tinha visto antes, elegante, de terno escuro.

Desde que lhe aplicaram a injeção pela manhã, não fez outra coisa a não ser olhar para as manchas na parede. Olha as paredes para que o tempo passe. Quando era menina, via monstros no reboco descascado de sua casa, só via manchas agora; se visse outra coisa, talvez se esquecesse do cheiro das rosas. Sobre a colcha, Ivonne, que tinha vindo visitá-la na noite anterior, deixou o robe de seda, e ela acha que ali não é lugar para um robe vermelho. As flores estavam em cima do criado-mudo da cama do fundo. Ela não sabia o que fazer para esquecer a febre, aquele cheiro, o que tinha lhe dito o médico, isto que estava acontecendo. Colocaram um biombo junto à cama do fundo para tapar a mulher que ela escuta gemer durante a noite. Não consegue ver o vaso, mas sabe que está ali porque sente o insistente cheiro de rosas velhas, como se estivessem podres. Passa o dia pedindo à enfermeira para que ela tire o vaso, mas ninguém a escuta ou, se escuta, não se importa.

Daquela vez gostaria de ter falado, mas não sabia como fazê-lo, por medo de que a castigassem. Olha as paredes para que o tempo passe; mas o tempo não passava, é como uma lembrança. Tem a impressão de que era março e, no jardim da sua casa, as figueiras estavam carregadas, e de que no corredor, enquanto a sua mãe assava o pão lá fora, ela vestia São Nicolau de Mira. Talvez fosse dezembro, um dia próximo à festa do Santo, quando tiravam dos armários as peças para vestir, começando pelas roupas, rendas, bordados; mas acha que era março. A sua mãe cruzou o jardim com uma cesta cheia de pães, que colocou nas mãos dela dizendo: *Leve isto até a Casa Grande*; lembra da frase assim como lembra do pano branco, engomado, que cobria a cesta. Esforça-se para imaginar figuras na parede, o que a distrairia, quem sabe uma mancha com forma de cachorro, outra de escapulário; não encontrou nenhuma que tivesse a forma de um homem que a amasse.

Leve estes pães para a Arminda, disse a mãe, *são para o Doutor*. Tem a impressão de que o caminho era longo, mais longo do que a distância da sua casa à do velho. A sua mãe lhe havia dito: *Leve logo, filha, não se distraia pelo caminho*. Como gostaria de se distrair, de voltar ao passado, àquela tarde no corredor enquanto vestia o Santo, e dizer à mãe que não levaria os pães, que não iria à Casa Grande, que não tinha vontade. Não na memória, mas lá, enquanto descia pelo caminho em direção à casa do velho, viu uma cabra morta e, no céu azul e límpido, urubus voando em círculo.

A casa para a qual parecia sempre voltar é de estilo inglês. Sabe disso agora, antes só sabia que era a maior e a mais bonita da cidade. Ela desce a ladeira com as suas pernas finas, atravessa o rio, passa por uma vala, depois por outra, e então vê o jardim de primaveras. Atrás da grade está a mulher que costuma conversar com a sua mãe, aos domingos, entre os túmulos, quando vão ao cemitério depois da missa. A mulher que está ali parada, imóvel como uma estátua no jardim da Casa Grande, se chama Arminda e tem uma pinta peluda em cima da sobrancelha. Ela se aproxima e diz alguma coisa. Teria preferido que Arminda não tivesse escutado e ela fosse obrigada a voltar para casa com os pães; e mais do que isso: preferia nunca ter chegado, mas sabia bem que tinha chegado à Casa Grande naquela tarde, visto a mulher parada atrás da grade e dito: *Minha mãe mandou isto.*

Ela colocou o espelhinho e a pinça no chão. Afastou a colcha para a lateral da cama. O homem afrouxou a gravata, tirou o colete e o paletó, e ia ajeitando cuidadosamente cada coisa que tirava sobre uma cadeira. Ela o observou sem dizer uma palavra, um pouco atordoada com o perfume dele, até que ele tirou a camisa e ela viu, desprovido de músculos e de gordura, seu corpo delicado e viril. A última coisa que tirou foi o relógio de pulso, mas antes ficou de pé ao lado da cama, olhando para ela, que já estava pronta para recebê-lo. A mancha da esquerda, a maior delas, ganha agora a forma de um homem, não de um homem inteiro, de uma cabeça de homem com chapéu.

Em algum momento, não se lembra quando, mas certamente depois de entregar os pães, viu o velho. Tem a impressão de que já estava indo embora, de que dava meia-volta, sã e salva, livre de tudo, quando o viu na porta com os olhos pregados nela. Lembra de Arminda ter dito: É uma das filhas do Linares, traz os pães feitos pela mãe.

Ele deve ter escutado, mas não diz nada, permanece parado na porta, olhando para ela, que percebe o seu olhar.

A mancha mudou de forma, já não parece uma cabeça e sim uma montanha, azul como os montes que rodeavam o seu povoado. Por mais que tente, ela não se lembra como fez para entrar, também não se lembra do rosto do velho; mesmo tendo suportado durante tantos anos aquela cara babando sobre a sua, não consegue se lembrar, lembra apenas de ter caminhado até ele, que usava um colete estufado pela barriga. Tem a impressão de que Arminda se assustou, ou talvez fosse ela quem tivesse ficado morrendo de medo; também sentia medo agora, o médico dizia que a infecção era grave, e emagreceu muito. Sabe que em algum momento Arminda disse: É a filha do Linares, Doutor, foi o que ela disse, e que ele a mandou para os fundos da casa.

O cheiro é cada vez mais forte, um cheiro de flores murchas, como o da mulher que ocupa a cama do fundo, atrás do biombo. No vestíbulo, havia uma mesa pequena e, sobre ela, um vasinho com rosas: chegou até o seu nariz aquele cheiro de morte. De debaixo da barriga, tirou o relógio de bolso e o olhou, e ela viu o ouro do monte onde seu pai trabalhava. Sabe que tudo começou naquela tarde, mas não sabe como, lembra apenas de estar no chão, ele com a boca em cima dela, o hálito de homem velho.

Nu, com o sexo ainda mole, sentado na beira da cama, o homem tirou as meias e os sapatos, porque usava sapatos de verdade, com cadarços. Depois já não sabe o que mais viu, mas se lembra de como um crucifixo pendurado na corrente de ouro dele roçava-lhe os peitos. Ele não teve pressa, se deitou sobre ela, e lhe acariciou a barriga e chupou os peitos e perguntou o que ela gostava que lhe fizessem; isso é do que mais se lembra, de tudo o que lhe aconteceu na vida é do que mais se lembra. O velho perguntou quantos anos ela tinha e ela disse *Treze*. *Treze*, repetiu ele. *Você também aos treze!*, disse a mãe quando soube, batendo com força na mesa.

Talvez seja a febre que a faça pensar que as rosas continuam ali, tão perto do seu nariz, em um vasinho no vestíbulo, porque quando pede à enfermeira para tirar o vaso, ela responde que já o tinham feito pela manhã, que ela ficasse tranquila, que as rosas já não estavam lá; e no entanto ela sente esse cheiro de flores podres. Tem a impressão que o caminho de volta era longo, mais do que a rua pela qual voltava para casa, e às vezes também lhe parece que não voltou, que ficou presa àquela tarde no vestíbulo da Casa Grande, jogada no chão, debaixo do peso daquele homem que tinha um relógio de bolso feito com o ouro do monte.

Não sabe como, mas voltou para casa: saiu de debaixo daquele homem gordo, da baba que largava em seu rosto e do cheiro de rosas. Voltando, atravessou o rio e ficou quietinha na beira do açude, e ali vomitou e lavou as pernas. Depois, caminhou até em casa e a sua mãe percebeu ou ela contou, não se lembra. Às vezes, na memória, as coisas se apaziguam; nem sempre vê tudo como um mal, há dias em que se lembra que o velho lhe dava presentes, que lhe comprou um vestido de bolinhas e uns sapatos de salto, os primeiros. Logo veio um longo caminho, porque todos souberam que ela andava com o dono da Casa Grande, e ele conversou com a mãe dela, disse que daria dinheiro, e foi assim que ela começou. Todos souberam que uma Linares era a fêmea do capataz da mina, e por isso nenhum rapaz do povoado a olhava, porque ninguém se atrevia a cobiçar o que pertencia ao velho. Quando ele morreu, ela foi para a cidade, conheceu a Madame e começou a trabalhar, e trabalhou muito e teve muito sucesso, porque era a mais procurada; isso até ficar doente.

O homem se demorou até penetrá-la, ainda que estivesse pronto, crescido lá embaixo, já fazia tempo, demorou-se ainda assim, e antes perguntou qual era o nome dela. Mimi, respondeu, mas ele disse que não era esse o nome que queria, queria saber seu verdadeiro nome. Custou-lhe dizer que se chamava Rosita, fazia anos que não deixava que ninguém a chamasse assim, mas depois ficou feliz por ter contado porque ele a penetrou e a sacudiu com ternura e repetiu várias vezes *Rosita, Rosita* enquanto estava dentro dela. Nem sempre ela vê o lado ruim das coisas, tem dias em que as lembranças se acomodam e também consegue ver o lado bom; mas, por mais que dê voltas, sempre há um velho sobre ela e uma menina que diz treze.

Agora está em uma cama, uma água que supura de entre suas pernas e a barriga pintada com mertiolate. Não na memória, mas ali, o médico falou que a infecção é grave, vem bater-lhe no rosto aquele cheiro de morte. Mais uma vez olha para as paredes descascadas e para as camas enferrujadas do hospital. Naquela manhã a Madame veio lhe visitar para dizer que precisava melhorar logo, que os clientes se queixavam, que sentiam falta dela, que os do cais procuravam por ela. Não sabe o que fazer para escapar da febre, sente apenas a cabeça latejar e, se pudesse, a colocaria embaixo d'água. Implorou para a enfermeira tirar o vaso que estava ao lado da cama do fundo, onde a mulher entrou em estado grave naquela manhã; mas ninguém a escuta ou, se escuta, não se importa. Trouxeram as flores ontem à noite, mas o calor fez com que murchassem, e ficaram cheirando a velho o dia inteiro. Ninguém trás flores para ela, não gosta de flores, suas amigas lhe trouxeram bolachas champanhe e um pacote de bolinhos que a fizeram comer molhados no leite. São as únicas coisas que come, já não consegue engolir mais nada. Também não tem forças para reclamar; mas, se tivesse, iria ao cemitério e diria à mãe que não vai à casa velha, que não tem vontade, e que jogará os pães no açude.

SOZINHA POR ALGUMAS HORAS

para Liliana Gatti

Pensou, inclusive, daquele seu jeito
um tanto atrapalhado, que seu pai
gostaria de um casamento assim...
Natalia Ginzburg

Sem saber exatamente o motivo, tinha ficado confusa com o que Jorge lhe havia dito durante o café da manhã. Tinha pedido a ele que falasse com Gutiérrez, assim começou, e ele respondeu que para isso ela precisaria se atualizar.

Uma semana antes, Inês tinha lhe dito *Você precisa de ajuda*, e lhe entregado o papel com o nome e o número. Pela manhã, quando Jorge estava na agência, os meninos na escola e Pablito na cama, ela tentou marcar um horário com Bayer. Mandou a empregada ao mercado e ligou, mas o telefone tocou insistentemente do outro lado, sem resposta. Folheou alguns livros e voltou para o inglês. Rebobinou a fita três vezes porque se distraía com o barulho dos ônibus lá fora, aí Pablito acordou e ela precisou interromper.

Tinha suflê de abóbora, *O que a senhora gosta*, disse a empregada; mas ela não estava com fome. Aguentou as brincadeiras que Pablito fazia com o purê e pediu à empregada que o levasse para a praça. Continuou com o romance que estava pela metade: era a história de um homem que, na margem do rio, esperava por notícias transcendentes vindas do outro lado do mar, e as notícias nunca chegavam;

lembrou-se de outro que tinha lido aos vinte anos sobre alguém, em algum lugar de fronteira, à espera de invasores mongóis ou tártaros, e ainda de um poema que Inês tinha lido para ela, no qual a espera era pelos bárbaros. Ficou surpresa ao se dar conta de que se lembrava muito pouco do que lia e disse a si mesma que ler assim não fazia sentido.

Quando Jorge entrou no quarto, ela estava deitada na cama com um cobertor sobre as pernas e Pablito na sala, brincando com as peças de encaixe. Ele entrou no banho, e Luísa ouviu o barulho da água e a voz dele a acompanhar uma peça de Mozart; lembrou que aquele tinha sido um presente dela, porque antes Jorge não escutava Mozart.

Luísa tinha lutado por ele, uma luta de amor clandestino, com escapadas a Buenos Aires: uma ligação na madrugada, arrumar as coisas rapidamente e partir. No começo, se preocupava com a mulher de Jorge, mas logo ele demonstrou que sabia como administrar a situação: mentiria se dissesse que alguma vez se viu em meio a um escândalo e inclusive guarda a sensação de que a mulher de Jorge desapareceu da vida deles sem se dar conta de nada.

Da cama, pediu que ele conseguisse alguma coisa para ela na agência. Achou que não responderia, mas respondeu *Não posso, Luísa. Você sabe como é o Gutiérrez.* Viu quando ele se irritou por não encontrar o desodorante, não o que estava no armário, mas outro de que gostava e ela tinha esquecido de comprar. Ele não precisava ter dito mais nada, porém acrescentou: *Dez anos aqui com as crianças é muito tempo, Luísa.* Ela gostaria de ter lhe lembrado que os filhos eram dele, e que Pablito tinha chegado por descuido. Como sempre, incomodou-se ao ver que ele deixava tudo jogado. Esteve a ponto de reclamar, mas o viu na frente do espelho, dando o nó na gravata, e só conseguiu perguntar se ia sair: *Reunião de diretoria. Ou você não sabe que nas sextas tenho reunião de diretoria?*

No domingo à tarde, no clube, enquanto jogavam boliche, esteve a ponto de dizer para Gutiérrez que precisava de um trabalho, alguma coisa para se distrair, principalmente depois que Finita lhe perguntou se não pensava em voltar ao antigo emprego; mas não teve coragem porque não tinha falado com Jorge. Perguntou para ele à noite, quando as crianças dormiam, esquecendo que passava na tevê a corrida de Montecarlo. Ele, enquanto procurava o canal certo com o controle, apenas respondeu: *Se você quer trabalhar, tem que se atualizar, Luísa.*

Ligou de novo na segunda. Disseram-lhe que Bayer estava viajando, então deixou de lado o inglês para ir ao computador, e até tentou escrever. Algumas vezes tem a impressão de que não perdeu o jeito, que ainda escreve como quando era *freelance* e a agência lhe pediu uma série sobre meio ambiente. Foi na época em que conheceu Jorge. Viram-se uma vez e começaram a sair. No começo, Luísa tinha pressionado para que ele definisse as coisas, mas hoje pensa que essa foi a melhor época que tiveram, apesar das crises de depressão da mulher de Jorge, que lhe pareciam manipulação, até que aconteceu aquele episódio confuso com os medicamentos. Certa vez, a mulher de Jorge encontrou o recibo do perfume que ele tinha comprado para Luísa, mas ele deu um jeito de inventar alguma coisa em que a esposa acreditasse. Luísa não se esquecia de como ele a olhava naquela época e do que disse, certa vez, sobre o que ela fazia, algo que havia escutado da boca de Gutiérrez: que ela tinha estilo. Veio-lhe a repentina ideia de lembrá-lo do que tinha dito, mas a abandona rapidamente para não parecer boba. Não escreve desde aquela época. Durante os primeiros encontros, ele se ofereceu para falar com Gutiérrez para que a incluísse no *staff*, mas depois os dois acharam melhor que ela continuasse trabalhando sem vínculo empregatício, de modo que pudesse viajar com ele para Buenos Aires sempre que tivesse vontade. As coisas continuaram assim até que a mulher de Jorge morreu e ela, comovida pela sua condição de viúvo, prometeu abandonar tudo para cuidar dos filhos dele; tem consciência, claro, de ter feito a promessa por sua conta e sabe que não pode, não está na posição, de cobrar nada dele. Depois sentiu, ela bem sabia, mais forte do que qualquer previsão, a responsabilidade de cumprir com aquela promessa e esquecer, como ele tinha dito, o que era seu, o seu estilo.

Você perdeu o estilo, Jorge tinha lhe dito, quem sabe em um dia ruim, ignorando o quanto lhe doíam aquelas palavras. Por isso, quando Inês – e não por acaso Inês, sua amiga da vida inteira, a única que conserva desde antes de conhecer Jorge – lhe perguntou *Você não pensa em voltar a trabalhar, Luísa?*, ela não conseguiu encontrar outra desculpa além dos meninos, mas Inês insistiu: *Os meninos não vão ficar com você o resto da vida!* Luísa não lhe contou, porque nem para Jorge tinha contado, que às vezes, de manhã, rascunha umas coisas no computador.

Ela tem dificuldades para perguntar e, quando o faz, Jorge responde que, como ela passa o dia todo trancada em casa, aquilo só a faz soar ridícula, que ele não sabia como o papelzinho com aquela frase tinha ido parar no bolso do seu paletó. *Cuidado, as crianças podem escutar*, acrescenta, e ela não volta a falar do assunto até que estejam no quarto.

Não podia continuar assim, disse quando Jorge chegou e antes que saísse para jogar tênis porque era, e ela não se lembrava, tarde de tênis. Também disse que tinha conversado sobre o assunto com Inês e percebeu imediatamente que isso o incomodava. Pior para ele, pensou, porque não deixaria de contar suas coisas para Inês. Esperava a aprovação dele – ele não sabia o quanto ela precisava disso – quando reparou no tique do ombro esquerdo que conhecia tão bem; depois Jorge saiu em direção à cozinha e ela escutou a batida seca da porta da geladeira e o barulho do abridor. Ele voltou com uma cerveja e disse, em um tom que ela não esperava, que ela não se enganasse, que só sairia de casa se ganhasse para pagar a empregada e todos os outros gastos que a sua ausência ocasionaria, que o que pensava, menina mimada, que ia trocar as crianças por um trabalho de secretária, ou achava que podia conseguir coisa melhor?

Luísa não respondeu, ficou olhando pela janela na direção das vagas de garagem e viu, mais uma vez, a copa do eucalipto. Jorge tinha lhe dito que a árvore já estava lá quando ele e a mulher compraram o apartamento, o que para ela era uma lembrança de que aquele lugar não era seu. O eucalipto tinha metade dos ramos com folhas redondas, medicinais (ela costumava pedir ao vigia que cortasse alguns para colocá-los na sala), e a outra metade com folhas finas e compridas, como um eucalipto comum; veio-lhe a ideia de que Jorge e ela eram como as metades daquela árvore, mas não foi capaz de concluir qual das duas desejava ser. Quando ele terminou, porque continuou falando, subindo o tom, até que saiu batendo a porta, Luísa teve a lucidez de pensar que, pela primeira vez, Jorge tinha lhe mostrado quem era.

Lembrou-se do que estava lendo. Também ela, como aquele tal de Diego Zama, esperava, mas não sabia, sabia menos que ele, pelo que esperava. Chorou durante o que lhe pareceram horas. Quando Pablito lhe perguntou *Por que seus olhos estão vermelhos?*, ela respondeu que tinha lido muito.

No dia seguinte, Jorge ligou do escritório dizendo que ela lhe arrumasse a mala porque teria uma viagem para Buenos Aires. Fazia isso frequentemente, viagens decididas de última hora, de modo que Luísa não conseguia planejar seu tempo sem ele. Isso normalmente a incomodava, mas dessa vez não. Pensou que, durante a ausência dele, poderia conseguir uma hora com Bayer. De tarde, escutou como falava com a secretária: instruía-lhe sobre algumas coisas; depois achou que a conversa tomava outro rumo e que havia ali um tom íntimo demais. Ia chamar a atenção dele, mas se lembrou da época em que era uma jovem secretária em um escritório de advogados, das intimidades que nascem ao se compartilhar tantas horas de trabalho, e disse a si mesma que o ciúme a fazia ver coisas.

Tirou o perfume do armário e o colocou na mala. Depois, pediu que aos mais velhos levassem Pablito a algum lugar, porque papai e ela precisavam ficar sozinhos;

resolveu dizer isso a eles por conta própria, enquanto Jorge procurava alguns papéis na escrivaninha. Ele voltou, inspecionou a mala aberta sobre a cama, perguntou sem olhá-la e ainda tenso *Tudo em ordem?*, e ela pensou que era melhor fazer as pazes. Apesar de ele estar apressado, fizeram amor, ela não sabia dizer se tão bom quanto das outras vezes, mas não tinha sido ruim porque as discussões a excitavam, o que a impedia de colocar o sexo na barganha.

Quando terminaram, sentiu raiva novamente, mesmo tendo dito a ele – não pôde deixar de dizê-lo – *Te amo*. Ele respondeu *Você é tão mimada, minha menininha*, e ela teve a sensação de que aquele *minha menininha* era igual ao de antes, de quando ele lhe dizia *Você é tão jovem*, e ela respondia que dez anos não era muita coisa. Agora, com o tempo, parece que a diferença de idade foi diminuindo até quase desaparecer, talvez porque, desincumbido da criação dos meninos, ele tivesse rejuvenescido, tanto que, não muito tempo atrás, em um jantar com conhecidos de Jorge, quando contou que ele era dez anos mais velho do que ela, uma das mulheres disse que não parecia.

Luísa pegou o telefone, mal o táxi tinha saído em direção ao aeroporto. Precisava marcar aquele encontro para antes de sexta-feira à noite, precisava, principalmente, que alguém lhe dissesse se era verdade que tinha perdido o estilo. Bayer lhe diria porque – como tinha dito Inês – era um velho jornalista, um homem que não fazia rodeios, e ela achava que a opinião de Inês, que fazia anos trabalhava como fotógrafa na agência, era muito confiável. Conseguiu agendar o encontro para sexta-feira de manhã; incomodava-a um pouco que fosse no dia do retorno de Jorge, mas aceitou porque Bayer ia passar três meses em Londres. *Chegando no cruzamento, você tem que virar na Bodereau e continuar até a Lamarca*, disse. Luísa conhecia bem a região, passava por ali aos domingos, a caminho do clube.

Jorge apareceu quando ela saía na direção da garagem. Hesitou em decidir se perguntava por que retornara antes do previsto ou como tinha sido a viagem; tentou organizar os pensamentos e procurar um pretexto para explicar o motivo de estar ali, na saída do prédio, com a bolsa pendurada e aquela pasta na mão. Pareceu-lhe que o único pretexto possível seria Inês. *O que tem a Inês?*, perguntou ele. Ela respondeu que nada, que Inês a havia convidado para um café e, como ele não estava, tinha aceitado. Percebe que ele está incomodado e pergunta se tem algum problema. Ele responde que não é verdade, que Inês não está na cidade, que voltaria no voo seguinte, Gutiérrez também a havia mandado para Buenos Aires. Luísa sente vergonha por ter sido flagrada mentindo; mas logo pergunta por que Inês e ele não tinham lhe dito nada, e então Jorge começa a explicar, com profusão de detalhes, os motivos de Guitiérrez para aquela decisão, assuntos de trabalho. Não para de falar de uma coisa, de outra, de um jeito que lhe era pouco comum, tanto que parece ter se esquecido da mentira de Luísa e pede que ela suba com ele ao apartamento e lhe prepare um whisky; que ele ia tomar um banho e que, se ela quisesse, pediria à empregada que levasse Pablito para um passeio na praça, assim teriam um tempo só para eles, e que ela não fazia ideia do quanto tinha sentido a sua falta.

A VIBRAÇÃO DO UNIVERSO

para Gloria Gerstenberger

Il dolore dei giorni che verrano
già pesa sulla tua ossatura
fragile.
Atilio Bertolucci

Vitória levantou a tampa, abriu primeiro o embrulho de papel de seda e depois o outro, de um azul desbotado, que lembrava o anil; o segundo embrulho estava rasgado e lhe faltava um pedaço. Dentro da caixa havia um vestido branco com uma mancha no formato do rasgo no papel. Uma servente entrou no quarto e recolheu a comadre; era jovem, um pouco gorda, e em algum lugar da sua expressão sonsa despontava certo sarcasmo. *Olhando o vestido de novo, vó?*, perguntou.

– É o que eu usei quando tocamos em Kiev.

Na parede à qual a cama estava encostada, tinham pendurado a foto de uma moça com vestido de festa. Sentada em uma banqueta enfrente a um piano de cauda, olhava para trás, sorrindo na direção do fotógrafo. *Naquele tempo*, contou Vitória mostrando a foto, *eu tocava com Sarajov*. A servente se aproximou da parede e examinou a foto, em seguida falou *Aqui não tem nenhum Sarajov, vó.*

– Estava lá na frente, com a batuta...

Se não se apressar, vai ficar sem café da manhã, disse a servente. Já tinha aberto a porta quando acrescentou: *A senhora me lembra a minha nonninha, tínhamos uma foto dela posando ao lado do piano, na sala...*

– Isso ali não é uma sala, é o teatro Cuviliés – respondeu Vitória e ficou em silêncio: ainda que não por muito tempo, porque, ao ver que a servente estava de saída, lhe pediu que guardasse a caixa.

Tá bom, vó, mas não pegue de novo. Um dia desses a senhora ainda cai daí. Se tivesse algum parente, eu entregava esse bendito vestido para que guardasse; mas não, tem que ficar guardado aqui, mesmo com tão pouco espaço. A servente fechou a caixa, colocou-a em cima do guarda-roupa e saiu. Vitória ainda se demorou, arrumando a blusa e a saia. Apesar dos anos, conservava certo frescor, talvez por causa dos olhos vívidos como os de um roedor e do cabelo grisalho sempre arrumado. O quarto era pequeno, com uma pequena janela que dava para um pátio interno. A janela estava parcialmente coberta por um armário, havia dois no quarto, e também uma cômoda com duas fileiras de gavetas e, em cima dela, um frasco de leite de colônia e um estojo de pó de arroz de prata. A cômoda, as duas camas provençais com cobertores floridos e os criados-mudos ocupavam todo o cômodo, como se ali fosse um depósito de móveis. Quando Vitória abria uma das gavetas, a servente apareceu na porta: *O que está procurando agora, vó?*

– A foto dos meus alunos... Um deles veio em turnê, escutei no rádio. Chama-se Luís Michal e mora em Munique, eu sempre soube que faria uma bela carreira – tomou fôlego para continuar – ... foi a mãe que trouxe, disse que era um menino doente, frágil. Ninguém dava nada por ele, mas era tão inteligente... Casou-se com Marthinha, outra aluna que...

– Vamos, vó, se apresse, porque depois quem leva bronca sou eu.

– Tem que estar por aqui... porque eu olho todas as noites essa foto para repetir os nomes deles. Assim não me esqueço – insistiu Vitória.

A obstinação era algo novo, coisa dos últimos anos. Antes, quando jovem, se deixava vencer facilmente, se entregava à vida com docilidade; pensava que os artistas deviam ser assim, flexíveis. *Já sei*, disse de repente. Foi até a cadeira que estava ao lado da cama, revirou os bolsos do casaco até achar a foto. Então pediu à ela que se sentasse.

- Não posso, vó. Tenho muita coisa pra fazer.

Só um pouquinho, insistiu Vitória, e lhe mostrou a foto. Era um quadro de formatura: uma mulher sentada e crianças à sua volta. *Esta sou eu*, disse, apontando para a mulher da foto que, apesar da diferença de idade, guardava certa semelhança com ela. Depois repetiu, em tom professoral, os nomes das crianças: *Este é Luís Michal, da Orquestra de Câmara de Munique; esta é Marthinha Casas, pianista na Baviera; esta é Ana Clara Molesini, da Escola Superior de Bratislava; este é Ricardo Sebastián Knüpfer, da Sinfônica de Londres; e esta é Alba Estela Rosales, que morreu, tadinha, se você visse como executava a Pierluigi da Palestrina!; este é José Andrés Bergero, que toca no Colón; e este é Danielzinho Barenboim, regente em Tel Aviv...*

– Todos os seus alunos são famosos, vó?!

– Quase todos.

– E com tantos ex-alunos morando em todos esses lugares, a senhora nunca recebeu um cartão postal...?

– Marthinha me mandou um de Roma. Você ainda não trabalhava aqui.

Ai, vó! A senhora sempre quer ter a razão!, respondeu a servente, e pegou Vitória pelo braço, tirou-a do quarto, atravessou com ela a sala de estar e a levou até a sala de jantar. Na cadeira à frente a da sua se senta Fred; ele se inclinou por cima da mesa e disse: *A senhora viu, dona Vitória? Hoje a que come de boca aberta não veio. Está doente.*

Faz tanto barulho quando come!, respondeu Vitória, *eu já pedi mais de cem vezes para o Doutor Rivadero trocá-la de mesa, mas ele não quer, diz que não é justo, que todos temos defeitos... Sim, senhor Springfield, todos temos defeitos, mas pagamos isto aqui com nosso rico dinheirinho, não acha? Com a velha que colocaram no meu quarto, não consigo nem conversar: está completamente surda.*

Os dois se calaram repentinamente porque passava uma das enfermeiras; mas, nem bem ela havia sumido pelo corredor, Fred retomou a conversa: *Aqui, senhora Vitória, tem quem anda de cadeira de rodas, quem não controla o esfíncter. Nós não, graças a Deus... É claro que eu me cuidei muito: até os setenta joguei tênis três vezes por semana e sempre comi meu cereal com melado...* Vitória se ajeitou na cadeira: *Eu sempre gostei da boa vida, senhor Springfield. Alimentando em abundância o corpo e o espírito se envelhece bem... Não me lembro se lhe contei que um aluno meu que é* concertino *da Orquestra de Câmara de Munique estará visitando o país. Quero que arrumem o meu cabelo e me façam as unhas, porque essa minha mão fecha... Se tiver tempo, esse aluno vem me visitar, porque as turnês são exaustivas...*

O senhor Springfield se entusiasmou: *Agora me lembro que a senhora dava aulas, senhora Vitória... Eu trabalhava no London Bank, na central de Buenos Aires. Entrei lá por causa do meu pai, porque sou filho de ingleses... Naquele tempo ainda não era casado...* Fez uma pausa antes de continuar: Não sei se lhe contei que me casei com uma londrina, e enfatizou a palavra... *Certo dia, fui falar com o meu chefe e lhe disse: "Mister Conkeed, gostaria de atravessar o oceano, queria ir para os Estados Unidos da América...", e foi assim que viajei para Boston, onde conheci Mary Louise, que estava a passeio na casa de uns tios.*

– Eu não podia me dar ao luxo de passear – disse Vitória –, dedicava todo o meu tempo à música porque... não sei se lhe contei que fui concertista, até que me aconteceu isso – olha para a mão contraída – e já não pude mais tocar. O que eu tenho é uma coisa terrível para um músico: você se aproxima do instrumento e os dedos se contraem, já não dá para tocar. O senhor sabe o que é isso? Se não tivesse acontecido uma coisa dessas comigo, eu teria continuado com Sajarov. Já imaginou?... A única coisa que eu sabia fazer era tocar e a música, senhor Springfield, é, como posso lhe dizer?, é a vibração do universo. Mas comecei a ensinar e tive muitas alegrias, não nego. Meus alunos triunfaram na Europa...

O senhor Springfield disse: *Europa... um dia ainda vou para as Ilhas. Queria morrer na Grã-Bretanha, deixar meus ossos lá, aquela é a minha verdadeira pátria, senhora Vitória. Meus pais são ingleses, a minha falecida esposa tam-*

bém... eu nasci aqui porque daddy não teve tempo de levar mammie *para Londres.*

A enfermeira os interrompeu para lembrar ao senhor Springfield que era hora da sua injeção. Sozinha na mesa vazia, Vitória juntou, distraída, os farelos que tinham caído na toalha e os despejou na xícara. Depois, dobrou cuidadosamente o guardanapo e o colocou em um porta-guardanapos com o seu nome. Quando a servente se aproximou para levá-la ao quarto, Vitória disse: *Ainda falta muito para você vir para cá.*

– Eu não tenho dinheiro, vó. Com certeza vou pra outro lugar. Quem paga isto aqui pra senhora?

– Pago com a minha aposentadoria! Fui professora de música.

– Mas, vó! Uma aposentadoria não dá pra pagar nem a metade do que isto custa!

Vitória queria responder, mas não soube como, era cansativo pensar que precisava apresentar provas. Além disso, tinha medo de dizer alguma coisa que ofendesse a servente; afinal de contas, é ela quem arruma o seu cabelo, quem faz as suas unhas, e a única que, quando está de plantão no domingo, aceita comer alfajores e leva a cuia de mate para o quarto para passar um tempo com ela. *Não sei...*, diz, *...faz muitos anos que moro nesta casa. Você trabalhava aqui quando eu cheguei? Porque aconteceu isso com a minha mão e eu já não pude tocar mais, se não fosse por isso, quem sabe onde eu estaria agora?... Não sei se te contei que um aluno meu vem em turnê... Você arruma o meu cabelo? Pinta as minhas unhas?... Não quero que ele me veja assim...*

No meio da sala de estar, de braço dado com a servente, a caminho do quarto, Vitória se detém. É um lugar um pouco escuro, com sofás de espaldar alto e televisões acesas, cheio de mulheres que esperam, adormecidas, a hora do almoço. Vitória tira do bolso a foto e diz, apontando para um dos meninos, *Este é Luisinho, ele era o mais magro de todos, o mais corcunda*, e em seguida acrescentou, em voz baixa: *Sempre foi o meu preferido...*

Na tarde do dia seguinte, a servente lhe disse que receberia visitas às cinco. *Que bom, minha filha, porque aqui não tenho com quem conversar...! Você não imagina a vida que levo aqui...! Se não fosse por vocês... mas estão sempre muito ocupadas. O único com quem consigo conversar é aquele velho que passa o dia inteiro falando do seu London Bank. Só quem entendia de música era Cirilo, ele sim, tinha um rádio bom e me convidava para escutar os concertos da BBC. Não era como esse que passa o dia inteiro no London Bank...*

– Concordo com a senhora – respondeu a servente –, o senhor Cirilo era um homem bom que não incomodava ninguém, passava o dia inteiro escutando música.

Vitória se entusiasmou com o rumo que a conversa tomava: *Uma vez contei para ele de Sajarov e ele me disse que o havia escutado no rádio executando a Sonata Número 21, em uma homenagem a Schubert, em Viena. Foi em 1938, o último festival antes da guerra. Naquela época ele já andava com a idiota da Lynn. Ela também era de Londres, por isso não gosto dos ingleses, são falsos. Começou a tocar com Sarajov porque aconteceu isso comigo,* diz e olha para a mão, *mas depois grudou nele e, eu, uma boba, continuei a ensiná-la, porque aquela não sabia nada, tocava como uma professora provinciana, mas o envolveu e não o largou mais. Era inglesa, era de Londres, por isso não gosto dos ingleses.*

– Como o senhor Fred, vó.

– Sim, como esse que passa o dia inteiro falando do London Bank!

Às cinco tocaram a campainha, um casal. A mulher era de uma beleza incomum: à primeira vista, parecia uma crioula, espanhola talvez; num segundo momento, olhando-a melhor, era possível ver um rosto eslavo, as maçãs do rosto salientes, os olhos grandes. Vestia um tailleur cinza e um pulôver azul de gola alta, e nas mãos trazia uma caixa de bombons. Apresentou-se entusiasmada: *A senhora Trettel está? Diga-lhe, por favor, que é Martha. Martha e Luís Michal,* corrigiu-se. Ele teria passado despercebido, não fosse a roupa e a postura correta. Alguma coisa, talvez os óculos ou o modo de caminhar, denunciava, por trás do cidadão do mundo, a sua timidez. A servente largou a flanela em cima do sofá, porque a campainha a pegou de surpresa enquanto limpava os quartos. Foi até o de Vitória. *Chegaram as suas visitas, vó.*

– Quem será?

A servente achou graça da pergunta. *Se faz dois dias que a senhora está esperando por eles!*, disse, enquanto a pegava pelo braço para levá-la até a sala.

O homem estava sentado no pequeno hall de entrada e olhava para fora: havia um jardim na frente da casa, que a separava da rua. A mulher permanecia de pé, entre a recepção e a sala de jantar; ao ver Vitória vindo em sua direção, foi ao encontro dela, alvoroçada: *Senhorita Vitória! Que alegria vê-la!*, mas ficou com as mãos estendidas; por um momento, pareceu não saber o que fazer, mas logo disse, cúmplice: *trouxemos trufas...*

– Trufas de chocolate! Sarajov me dava trufas de chocolate de presente – disse Vitória – ... porque eu tocava piano...

Martha olhou rapidamente para o marido e disse: *Sim, claro que sim*, ajudou-a a se sentar e ajeitou a caixa de trufas sobre a saia da senhora. O homem tirou os óculos e limpou as lentes com um lenço. Acendeu um cigarro. *Já vai fumar outro...?*, perguntou-lhe a mulher, mas ele não respondeu.

Vitória tinha aberto a caixa e olhava feliz para as trufas de chocolate. Eram todas iguais, mas ela escolheu uma cuidadosamente, tirou-a da forminha e a levou à boca. De repente, levantou a cabeça e perguntou: *Vocês conhecem Sajarov?* O homem fez um gesto de confirmação, seguido de algo como o esboço de um sorriso. *Sim,* disse a mulher, *claro que sim, escutamos o grande maestro Sajarov.*

Subitamente iluminada por aquela descoberta, Vitória começou a gritar: *Reyna! Reyna! Vem aqui!*, e como a servente não aparecia, virou-se para Martha e lhe pediu: *Poderia dizer para a* servente *vir aqui?*

Martha se levantou rapidamente e atravessou o refeitório. Vitória e o homem ficaram sozinhos no pequeno hall de entrada. Nele havia uns sofás de vime com almofadas e uma mesa baixa com uma planta. A luz era filtrada por uma cortina roxa e amarela, com pedaços faltando, de modo que se viam alguns retângulos de vidro transparente.

– O que a senhora quer, vó? Por que está gritando? – perguntou Reyna.

– Viu como é verdade o que falei sobre Sajarov? Eles o conhecem, o escutaram... Porque nesta casa – ela diz, virada para o homem que está sentado à sua frente – não tem ninguém com quem eu possa falar sobre música, tem quem usa bengala, tem quem anda de cadeira de rodas, e ninguém controla o esfíncter...

– Ai, vó! Quanta paciência a gente precisa ter neste lugar!

Martha tinha voltado e se sentado ao lado do marido. Vitória pegou outra trufa da caixa acomodada sobre sua saia. Já tinha comido quatro, as forminhas estavam em cima da mesa. *Como se chamam?*, perguntou com a boca cheia. *Eu, Martha*, respondeu a mulher, *e ele, Luís.*

– E de onde são?

Foi Martha quem respondeu novamente: *De Munique. Somos músicos. Trabalhamos lá.*

– Que coincidência! Tenho um aluno que é *concertino* da Orquestra de Câmara de Munique, porque eu dava aula de música... O nome dele também é Luís. Luís... me esqueci agora – olhou para um lado e para o outro, como se fosse contar um segredo – ...era meu aluno preferido. Vocês conhecem ele?

Martha respondeu rapidamente: *Sim, claro que sim...* enquanto procurava na bolsa seus lenços de papel. O homem não disse nada, se aproximou da janela e ficou olhando fixamente para a rua. Uma mulher com calça de *stretch* e chapeuzinho atravessava a rua com um cachorro nos braços. Não era jovem, o homem calculou que teria alguns anos a mais do que ele. Depois passou um carro, pelo vidro aberto alguém gritou uma grosseria e a mulher se irritou. Ele a observou, com seu chapeuzinho ridículo e sua calça de *stretch*, irritada, abraçada ao cachorro. Durou apenas um momento; depois, não soube por que, a mulher começou a rir, como se nada tivesse acontecido.

A MORTE E AS AVES

para Ana Felicitas Andruetto,
in memoriam

São apenas galinhas, com seus olhares estúpidos
de galinhas e seus sonhos de grandeza.
J.M. Coetzee

Matar é uma tarefa desagradável para quem cria aves. Não devemos esquecer que um curral é uma comunidade e cada galinheiro, uma célula social com poedeiras, galinhas pintadas e galos para consumo, ainda que alguns inspetores tenham se tornado vegetarianos. Há aqueles que apenas querem os ovos e criam poedeiras que deixam morrer de velhas, mas também os que esperamos a ocasião propícia para que algum galinho carijó seja sacrificado ou entregue para um terceiro que o sacrifique.

Sei que existiu um tempo no qual o galinheiro era alegre, sem brumas, e as aves permaneciam mudas, horas inteiras olhando sem gritar. Isso era antes, mas nem antes nem agora o vegetarianismo foi nosso caso; alimentamo--nos de carne e não de hipocrisia, de modo que, aconteça o que acontecer, nós matamos.

Matar é uma tarefa complicada do ponto de vista técnico, porque é preciso encontrar o procedimento mais eficaz, mais rápido e indolor que esteja ao alcance do verdugo. Pessoalmente, me inclino a pensar que a decapitação é o melhor porque garante uma morte com o mínimo de sequelas tanto para a vítima quanto para o algoz, e estou certo de que, de todas as modalidades possíveis, os venenos e as injeções são os mais convenientes e indolores, mas denotam covardia por parte dos executores.

Chutar cachorro morto. Antes, agora e antes, isso é o que chegou e ninguém soube ou pode fazer mais nada. Alguns teriam ficado satisfeitos que se destruísse o que estava de pé, mas nada ruiu, porque, em meio a tudo, soubemos manter as coisas como devíamos. Fomos nós quem o fizemos e, entre nós, os pioneiros, aqueles que nos ensinaram os rudimentos da avicultura, mas não foi ideia minha, eu só fui um entre tantos, um elo na infinita cadeia de caçadores de aves. Houve um tempo no qual explorávamos métodos e nos adaptávamos a isso, mas sempre preservamos um espaço para a improvisação. Hoje não nos arrependemos de nada, atuamos de modo a fazer o necessário e o possível, decapitações, golpes secos, quebrar a coluna, injeções ou arremessos, não outra coisa.

Gostaria que ficasse claro: cada um de nós fez o que era melhor para todos. Aquelas aves sangravam e tinham suas razões, porque era nosso dever aniquilar o que habitava nos currais. Três dias de trabalho dão bons resultados, três dias depenando, até que tudo termina. Ninguém pede desculpas e não tem por que pedi-las, ainda que as notícias, às vezes, não sejam boas. Ninguém se arrepende de nada, não dá essa impressão; só se sente, ao terminar a tarefa, um leve incômodo que sempre é melhor do que não sentir nada.

Matar é uma tarefa que requer certa ordem. Não é possível dizer que é prazerosa, mas se trata de um ato necessário, de um sacrifício; que detestamos, mas alguém tem que fazê-lo. Com a febre aftosa, para dar um exemplo, essa febre que ainda não passou, foi possível ver uma hecatombe na televisão. Quatro milhões de vacas sacrificadas de qualquer jeito, cada animal executado com um tiro na cabeça e sangue por todo lado, mas não nos surpreende; com menos repercussão midiática, também passamos por isso. Não aceitamos calúnias nem degradações, não seria justo. Eu, pelo menos, não vou permitir.

Na hora dos deslocamentos, é necessário levar em conta que alguns frangos estão muito frágeis, e então é preciso considerar detalhes como a dor, a doença ou a fome. Principalmente a fome. E o medo. Muitas coisas são feitas por medo. Mas voltemos aos galinheiros: estão fora da cidade, longe, em lugares seguros. Lembro bem daqueles dias, algumas vezes precisávamos parar a carga ou a matança, tanta era a excitação; hoje parece um delírio, mas aconteceu, e tudo o que aconteceu ficou gravado na memória, como uma aliança de casamento. Nós os transportávamos dos currais até o rio. Às vezes confundíamos o dia com a noite porque vivíamos como eles, sem calendário, sem relógio, sem luz do sol, como bêbados ou anestesiados. Algumas vezes algum gritava ou saía correndo e era preciso ir atrás dele até cortar suas asas, mas a maioria ficava ali, sem fazer nada. Em ponto morto. Com a febre aftosa, que ainda não acabou, se vê na televisão essas imagens de animais queimados; já são quase quatro milhões de reses sacrificadas, cada uma executada com um tiro na cabeça e sangue por todo lado. Nós, ao contrário, trabalhávamos com eficiência e com higiene e não deixávamos restos, porque não gostávamos e não gostamos de contaminar nem o ar, nem o solo. Nós os levávamos ao rio e os dávamos de comer aos peixes, ou fazíamos um buraco e os colocávamos lá. Centenas de animais. Que matávamos com o rifle sanitário, um rifle que não faz barulho, e os colocávamos nos furgões ou os enterrávamos lá mesmo.

Conheço todas as galinhas do galinheiro, sei diferenciá-las por sua cor, por seu porte, por sua conduta. Inclusive, algumas vezes, sinto carinho por alguma delas, de modo que o gesto de separar-lhes a cabeça com um golpe de facão acaba sendo um pouco perturbador para mim. Habitualmente faço isso em cima de um tronco no qual cravei um pedaço de ferro para amarrar com uma corda a cabeça, com um nó dado delicadamente, sem apertar nem puxar muito para que o pescoço fique exposto em relação ao resto do corpo. Assim o golpe não falha. É trabalho ideal para uma dupla: depois de pegar a vítima, um agarra suas patas, enquanto o outro pega a faca ou o que for. Essa é minha função. Os vaqueanos, claro, usam outros métodos. O melhor mesmo é trabalhar em série, porque minimiza os esforços. Certa vez tive que pedir a um aprendiz que me ajudasse a degolar quarenta galinhas em uma manhã. Ele não estava acostumado, segurava os animais pelo pescoço, mas desviava a vista do lugar do corte. Expliquei-lhe que também não era fácil para mim. O que não grita, sai correndo, e o que não sai correndo, fica sem fazer nada, assim é como tudo termina em ponto morto. Disse-lhe que algumas vezes me lembro de um perfil no momento de descarregar a machadada, ou o único olho com o que se pode olhar a vítima, sua expressão de terror, sem entender ou aceitar que chegou a sua hora, como tantas. Também é possível que fique guardado na memória o cheiro de alguém, o calor dos corpos, a superfície enrugada das patas, os movimentos convulsivos, uma pálpebra que se fecha para sempre. Depois é preciso dessangrar, destripar, desossar. Claro que a experiência é sempre parcial; afinal de contas, trata-se de um simples executor, um braço armado da comunidade e é por isso que a comunidade facilita as armas e valoriza as ações desenvolvidas.

Na granja é assim. Chegam os cachorros e comem as nutrias, as viscachas ou as aves. Chega a polícia ambiental e mata os cachorros e os tigres. Sessenta em uma tarde. Ou cem, tanto faz. Os mais espertos chamam a segurança dizendo que são tigres. Mas são cachorros, escondidos, esperando que voltem. É assim nos currais deste lado do mundo. Para os que vivem essa experiência pela primeira vez, talvez o fato pareça um pouco assustador, devido à diferença que existe entre matar por matar e matar porque é preciso. Mas para nós que conhecemos o que é a necessidade, as coisas se tornam um pouco mais simples, e então acomodar as aves nas gôndolas, preparar um voo ou dar explicações sobre a avicultura fazem parte de uma mesma missão.

FALAM PARA QUE ELA ESCUTE

para Marta Lovero

Esta é minha carta ao mundo
que nunca me responde.
Emily Dickinson

Célia escutou o barulho dos pneus, afastou a cortina e olhou para o jardim: sua mãe acabava de descer do carro, viu como ela falava com o jardineiro e caminhava em direção à entrada, que estava bem debaixo do quarto de Célia.

Um ano antes, em um dia de outono como este, a mãe lhe havia dito: *Você poderia ajudar no Reformatório... As Glassen sempre ajudaram as pessoas.* Essa tinha sido a frase, o começo de tudo. À noite, Célia tinha sonhado novamente com Júlia, dessa vez ela vestia uma túnica e era maior do que algum dia tinha chegado a ser; ela a via toda de branco, parada no vão da porta, a contraluz, pronunciando lentamente o número cinquenta e três. Quando acordou, ainda confusa por causa do sonho, contou os dias que faltavam para completar dezoito anos e descobriu, aturdida, que faltavam exatamente cinquenta e três.

Do pai, Célia não lembrava quase nada. Guardava apenas duas imagens suas: em uma estava sobre seus joelhos, fazendo cavalinho. Na outra, via-o – sua pequena mão envolta pela dele – sem poder distinguir, no emaranhado de lembranças, para onde iam, nem onde estavam.

Em nenhuma das duas imagens aparecia inteiro: apenas a mão, o pulso com o relógio, o tecido jaspeado da calça. O resto era um castelo de cartas que Célia tinha construído com fotos familiares e relatos das irmãs do seu pai. De Júlia, ao contrário, lembrava tudo: cada uma das coisas que tinham feito naquela tarde, inclusive a briga pelo pirulito e, depois, a decisão de escapar até a margem do rio, pegar figos com os meninos ribeirinhos, sem que a empregada se desse conta.

A mãe tinha se sentado junto a ela e segurado a sua mão. Havia comprado lírios e jacintos, variedades raras, e contava aquilo para a filha. *Como eu era quando era pequena?*, perguntou Célia. *Bonita*, respondeu prontamente a mãe, mas sua voz soava distante, cansada.

Por mais que tentasse, Célia não podia apagar aquela tarde com sua mãe, nem aqueles dias de ternura que vieram depois, os primeiros de trabalho no Reformatório. Agora, diante da mala por fazer, dobra cuidadosamente as camisetas e os pulôveres. Escolheu uma bolsinha de tecido que era de Júlia para guardar o dinheiro, umas economias que tem, suficientes para o que a criança precisar; ela faria qualquer coisa pela criança.

Célia sabe o que sua mãe dirá quando souber aonde vai, falará dela como fala das cunhadas, mas isso já não lhe importa; afinal, ela não é uma Glassen, é uma Rodríguez. Coloca na mala a manta de alpaca que era do pai, é tão leve que consegue segurá-la com o punho fechado; com ela abrigará o filho quando ele nascer. E também guarda um despertador. E fotos: uma na qual seu pai está em cima de uma árvore, com calça boca de sino e cabelo comprido, um cabelo parecido com o que ela usa agora. Tinha olhado muitas vezes para a foto, mas é a primeira vez que encontra alguma semelhança entre os dois. Também leva as fotos de Júlia, todas as que encontra, menos a que está na sala, aquela na qual aparece com um chapeuzinho de palha e um cesto de maçãs nas mãos. Uma tarde no campo, um amigo de sua mãe havia tirado aquela foto, um dos amigos que apareciam em suas vidas, o mesmo que tirou a foto que agora leva, na qual Júlia e ela aparecem a meio corpo, com vestidinhos floridos de piquê, como se fossem gêmeas.

Fecha a mala e se veste: uma calça e uma camisa plissada clara que deixa a gravidez mais evidente. Depois amarra as sandálias que ganhou de presente de Tevo, que ele fez com as próprias mãos, umas sandálias como as que vendia quando estava no Peru. Célia se lembra que certa vez, a primeira vez que se beijaram, perguntou *Como você se contagiou?* E ele disse: *Não sei, às vezes me picava...quando estava entediado...*

Célia passou perfume e penteou o cabelo, mas não guardou na mala nem o perfume, nem a escova de cerdas finas que havia sido de sua avó. Dos Glassen não levará nada; apenas aquela foto do pai e as coisas de Júlia. O ursinho de pelúcia também. Ganhou o urso de presente no Natal seguinte à morte de Júlia, e ela o descosturou e guardou dentro dele as cartas que escrevia para a irmã quando ficava sozinha, à noite; continuou guardando as cartas ali até ficar maior. É um segredo que não contou para ninguém, nem para Tevo.

Arrumou-se com o mesmo esmero que outras teriam para um casamento. Quando desceu até a sala de jantar, viu a mãe recostada, lendo no sofá. Colocou a chave da casa sobre a mesa da sala de estar, e então escutou: *Quer que eu peça um táxi?* Célia não respondeu. *Você pode voltar para casa quando parar de fazer loucuras*, insistiu a mãe.

Entre azaleias, descia o caminho em direção à rua. Era um jardim bonito, e isso – teve que admitir – era mérito de sua mãe. Na calçada, os filhos dos vizinhos brincavam. Ela passou a mão na cabeça de um deles, o menino se chamava Ariel e Célia gostava dele. Às vezes, quando estava entediada, saia até o portão e o chamava, e ele lhe contava as aventuras de um gato extravagante. Desta vez, a empregada o chamou aos berros, mas Ariel continuou falando daquele gato estranho que se chamava Simonbulá, até que a empregada ameaçou contar ao pai, e o menino saiu correndo de volta para casa.

Célia não vai pegar um táxi, não ainda; quer ser vista. As empregadas e as crianças do bairro a verão passar. Depois, as pessoas vão comentar que foi embora com um dos meninos do Reformatório, e tudo isso chegará rapidamente aos ouvidos de sua mãe. As pessoas do bairro falam enquanto ela passa, cochicham; essas coisas não acontecem apenas nas cidades pequenas, como pensam suas tias Rodríguez; também nas grandes é assim, ela sabe. Enquanto varrem as calçadas ou passeiam com as crianças, as empregadas cochicham. Célia escuta, falam para que ela escute, e depois falam dentro de casa, contam para as patroas.

Faz alguns minutos que atravessou o portão que separa o jardim de sua mãe da rua; agora desce, no dia de outono, em direção à avenida. Caminha devagar, com a pequena mochila nas costas e uma das mãos na camisa plissada, sobre a barriga. Cumprimenta ostensivamente as empregadas dos vizinhos, aproveitando o dia e sua determinação como há muito não fazia. Gosta que olhem para ela, faz aquilo para que a olhem. Percorre as ruazinhas do bairro fechado, entre jacarandás e ipês, até chegar à avenida. À medida que se afasta de sua mãe e de sua casa, já não importa que a filha de Martha Glassen esteja indo embora com um menino do Reformatório, aí é quando, ela pega um táxi até a Rodoviária.

HAPPY BIRTHDAY

para Adriana Gatti

– Prefiro os contos que falam da sordidez.
– Do quê? – eu disse, me inclinando para frente.
– Da sordidez. A sordidez me interessa profundamente.
J.D. Salinger

Aquela noite foi uma noite que, como costumam dizer, tinha que acontecer. Eu participei de tudo até o final e depois, quando acabou, vim para casa e fiquei sozinha por algumas horas. Precisava, fazia tanto tempo que não ficava sozinha! Tomei um banho e me deitei um pouco. Não dormi, como ia dormir?, mas pelo menos consegui esticar a coluna; faz tempo que sinto dor nas costas. Aí o Nico ligou e disse que iria à noite, rapidinho, porque sua mulher não anda bem; o que ele não diz é que ela está esperando um filho e que cuida dela, não como quando estava comigo e eu perdi o bebê. A verdade é que a experiência com o Nico me deixou sem a mínima vontade de me relacionar com alguém, porque, salvo aquele episódio com o Juan, não fui para a cama com mais ninguém desde que ele saiu de casa. Não me lembro se escutei a mensagem antes ou depois do telefonema do Nico e, não sei por quê, não a apaguei; sim, sei por quê, queria escutá-la mais tarde, antes de ir ver a Milly, e ficava me enrolando porque não tinha vontade de estar lá com ela, a última coisa que queria era estar onde a Milly estava.

Escutei a mensagem três vezes, mas não pude distinguir de quem era aquela voz. Primeiro pensei que poderia ser da irmã da Milly, que quando soube do acontecido com o Juan, passou a me deixar insultos na caixa de mensagens, mas dessa vez não era a voz dela, disso eu tenho certeza, apesar de fazer muito tempo que não a vejo, nem ela e nem a Milly, porque julgar todo mundo sabe e podem falar o que quiserem de mim, mas ninguém fez o que eu fiz pela Milly, ninguém a acompanhou, nos bons e nos maus momentos, como eu a acompanhei.

Não tinha vontade de ir lá porque sabia que não poderia ficar só um pouquinho, sabia que ia passar a noite inteira naquele lugar, porque, apesar de tudo, não deixaria a Milly sozinha; também não ia deixar o Juan sozinho com aquilo e, além disso, como explicar?, eu também precisava estar lá com ela. Sei o que aconteceu com o Juan e com a Milly porque estive com eles o tempo todo, por isso eu sei; como também estive depois, naquela noite, junto com o Juan, fazendo companhia a ela, tomando café sentados no sofá, indo para longe e voltando para perto do aquecedor elétrico, tremendo de frio porque tinham colocado um aquecedor que não esquentava muito. Suportamos melhor as primeiras horas porque tinha muita gente, mas depois quase todos foram embora, e aí preparei o mate e puxei conversa com o Juan, fazendo um esforço para não tocar no que tinha acontecido com a gente daquela vez, o que aconteceu entre nós era um buraco negro.

Sempre achei que a Milly tinha descoberto o que aconteceu, que soube e ficou quieta, mas algumas vezes digo para mim mesma que o Juan não pode ter sido tão filho da puta de contar para ela e, se ele não contou, então ela não podia saber, porque ali, naquele quarto, só estávamos nós dois, e ela, lá do outro quarto, não poderia ter escutado nada. O Juan sabe bem que toda essa história me incomoda e me dá nojo, não sei por que aquilo aconteceu entre a gente, se eu nunca me senti atraída por ele, sei que deveria ter contado, mas não contei e agora, agora já não é possível dizer nada.

Foi na época em que o Nico tinha saído de casa e eu me deixei levar pelo Juan. Ficávamos juntos algumas vezes, de noite, enquanto a Milly dormia no outro quarto, onde ele vinha dormindo naqueles meses; e depois, durante o dia, quase não nos falávamos, cada um ficava na sua, fazendo o que tinha que fazer com a Milly, sem trocar mais que algumas palavras. Naquela noite, a noite da Milly, foi a primeira vez, depois de muito tempo, que voltei a falar com o Juan sobre certas coisas; na verdade, foi a primeira vez que voltei a falar com o Juan de fato, como se antes disso a Milly não tivesse deixado, por isso acho que talvez ela soubesse o que tinha acontecido e guardou para ela, mas estou tranquila com isso, estou em paz, porque, apesar dos insultos que a irmã da Milly deixa na minha caixa de mensagens, eu sempre cuidei da Milly, até o final eu cuidei, como se fosse eu a irmã, e não ela.

Por volta da uma, as pessoas começaram a ir embora, então preparei café, e nós dois começamos a conversar na cozinha, e depois, quando ficamos sozinhos, continuamos conversando no sofá da sala; a moça de plantão trazia balas e bolachas, mas quem quer comer alguma coisa em uma hora dessas?, só se quer é fumar e tomar café ou mate, principalmente mate. A erva que tinham não era boa, colocam da mais barata, da pior que encontram, mas quem vai reclamar em um momento assim? Esta é a última noite que vou aguentar o Juan, disse para mim mesma, e me lembrei da frase da Milly.

É a última noite que eu aguento o Juan, depois, página virada; águas passadas não movem moinhos, disse para mim mesma enquanto tomávamos um café atrás do outro, fumando como loucos, daquele jeito que vínhamos fumando naqueles dias. Eu estava preparada para aguentar de tudo naquela noite, mas não para escutar o Juan dizendo o que disse, fiquei surpresa de que não tivesse se dado conta daquilo antes, porque eu vinha pressentindo que a Milly ia fazer o que fez bem no dia do aniversário dela. É o primeiro aniversário que passo com ela, Juan falou; eu não disse nada, o que poderia dizer?, apenas me levantei e fui buscar mais café.

A Milly sempre foi obcecada por aniversários, teria gostado que o Juan estivesse em algum deles, mas sempre tinha alguma coisa, sei disso porque muitas vezes ficamos nós duas, sozinhas, sentadas à mesa, abrindo com raiva uma garrafa para depois nos entupirmos de bolo de chocolate, pensando que não queríamos estar ali, mas em outro lugar, em qualquer outro lugar, mas não ali. No dia em que nos conhecemos, falamos de muitas coisas, nem sei como falamos de tantas coisas daquela primeira vez, mas de uma não me esqueci. Tínhamos vinte anos e ela me disse Te juro que aos quarenta vou estar bem, Lili, e agora, vendo como as coisas aconteceram, penso que, seja como for, a Milly conseguiu o que queria.

A Milly era a minha melhor amiga, é a primeira coisa que quero dizer, e tenho certeza que também fui a melhor amiga dela. Há um ano, a Milly disse para o Juan, Este é o último aniversário que você me estraga, foi isso o que disse. É o último aniversário que ele me estraga, te juro Lili, me disse naquele dia, te juro pelo meu nome, e voltou a repetir depois, várias vezes; foi o que ela disse, não há motivo para esconder agora. Eu sei bem o que aconteceu porque estive o tempo todo entre os dois.

Não se sabe por que é tão difícil deixar um marido, não se trata de dinheiro, nem tem a ver com os filhos, é outra coisa, sei que é outra coisa, sei bem porque naquela época eu estava tentando deixar o Nico, até que ele se antecipou e foi viver com aquela ranhenta; na verdade, não sei como explicar, e ainda que me digam, porque alguns dizem, que se a pessoa não tem filhos não é tão difícil se separar, eu sei bem que é difícil, e sei que nós duas não conseguíamos, por mais que quiséssemos, não conseguíamos, as pessoas às vezes não sabem, mas o ódio une mais que o amor. Para mim, o mais difícil não é separar as coisas, nem os filhos, é a história, ninguém quer largar a história, porque, ainda mais quando se está chegando aos quarenta, a pessoa não tem certeza de que vai conseguir construir outra.

A Milly sempre criticou o Juan por deixá-la sozinha no dia do aniversário dela, por isso estou certa de que decidiu fazer o que nos fez bem naquele dia, porque não acredito em coincidências. Lembro de uma vez, de um aniversário da Milly, nós duas esperando o Juan e o Nico, que tinham saído para comprar sorvete, lembro que eu tinha feito um bolo de chocolate e a gente comeu um pedaço atrás do outro, até se entupir, porque os dois saíram e só voltaram de madrugada. O certo é que agora estávamos ali, o Juan e eu, no meio daquela noite, sentados naquele sofá horrível, afundados de um jeito ridículo, mortos de frio, falando da Milly, por que de quem iríamos falar, se não da Milly? Acho que na vida, como nos casais, passado certo ponto, não tem como voltar atrás, por mais que a gente se case acreditando que é para sempre, não tem volta; sei muito bem que o para a vida inteira é uma besteira; mas que mulher não quer isso quando se casa?; por piores que tenham saído as coisas, a gente não quer largar, claro que não quer, porque já não há tempo para construir outra história; para não ir muito longe, sei que não vou ter filhos, perdi o bebê daquela vez e já não vou ter filhos, e também sei que vou ficar sozinha, talvez tenha um caso com alguém, como com o Juan, histórias de amor que inventamos por solidão, ou por ciúme, ou por não sei o quê.

Nossa amizade começou no dia em que a Milly ganhou uma bolsa para a França; eu mal a conhecia, tínhamos cursado juntas algumas matérias e sempre a achei antipática, porque naquele tempo não sabia que ela era míope e também não sabia que os míopes olham daquele jeito antipático. Lembro de ter pensado que era injusto que ela ganhasse a bolsa, que já tinha o bastante sendo bonita como era. A gente se encontrou na secretaria, atrás dos resultados, e quando a Milly soube que ela tinha sido selecionada, virou para mim e me perguntou se eu tinha tempo para um café, e foi assim que ficamos amigas; ali, na cantina, começamos a nos contar coisas, e então me dei conta de que também para ela nem tudo ia bem. Depois me mandava cartas de Paris, e me mandava fotos, e nas fotos me parecia muito bonita, não como naquela noite tão longa que passamos com o Juan. Eu também lhe escrevia cartas e lhe contava tudo; lembro daquela carta na qual lhe contei que estava namorando com o Nico, disse que tinha me apaixonado por um médico, um cirurgião, contei orgulhosa porque naquele tempo não pensava como penso agora, porque agora acho que os cirurgiões são sádicos, como o Nico e como o Juan, isso é o que eles são, sádicos, um sujeito capaz de enfiar uma faca e ver sangue e tirar para fora as tripas dos outros tem que ser um filho da puta, como o Nico foi comigo e como o Juan era com a Milly. Um dia escrevi para ela em Paris dizendo que o Nico ia para lá, que ela cuidasse bem dele, e não sei se foi porque ela estava sozinha, ou porque se tratava de mim, do Nico que era meu, ou se foi o Nico quem levou as coisas até aquele ponto porque se tratava da Milly, que era minha amiga, mas os dois terminaram dormindo juntos.

Nunca acreditei que a Milly faria o que nos fez bem no dia do aniversário dela; mas foi assim que as coisas aconteceram, e depois, pensando bem, acho que a Milly sempre foi cabeça dura e fazia o que queria, do jeito dela, porque poderia ter feito o que eu fiz, que vá com a outra se quiser, perdem a cabeça por umas ranhentas, porque os dois são iguais, feitos com o mesmo molde, se no final das contas é melhor deixá-los ir, que as coisas acabem o quanto antes. Mas o que ela fazia era implorar, se humilhar; tinha mudado tanto nos últimos tempos, estava tão longe da Milly orgulhosa que um dia tinha ido para a cama com o Nico em Paris, uma única vez, me disse, e o Nico disse o mesmo. Aquilo agora me incomodava, ver como ela rastejava para que o Juan lhe desse o que não tinha vontade.

Sei o que aconteceu com o Juan e a Milly porque estive o tempo todo entre os dois. Foi quando me separei do Nico pela última vez, e ficava o dia inteiro com a Milly, cuidava dela e escutava tudo o que ela dizia. E se alguma coisa eu não vi, a Milly me contou, porque me contava tudo. Nos últimos tempos, mesmo do jeito que estava, enlouquecia o Juan, levantava da cama e fuçava a carteira dele, a pasta, a roupa. Lembro daquela vez que havíamos ido para a casa de campo deles; sempre íamos os três, não sei se isso era bom para a Milly porque, comigo junto, era mais fácil para o Juan se ausentar, mas ela queria assim e eu não ia deixar de agradá-la. Naquele sábado, ao acordar, percebi que eles tinham discutido, e continuaram discutindo na minha frente, lavando a roupa suja, até que ela falou para ele que não sabia como conseguia estar com duas se não dava conta nem de uma. Ele se trancou no banheiro e ficou lá um bom tempo, enquanto nós duas tomávamos um mate e preparávamos as aulas da semana, naquele tempo ela trabalhava comigo no Colégio das Escolapias porque nunca quis pedir uma licença e continuou trabalhando até o final, e nisso o Juan voltou, agarrou-a pelo braço e a arrastou até o banheiro, e gritava Sabe o que você é? Você é uma merda! E eu pensei que é preciso odiar muito uma pessoa para fazer uma coisa daquelas. Depois a largou e bateu a porta, então eu me aproximei e vi que ela tinha merda no rosto e também na peruca. Por que isso, Lili?, disse ela, a minha vida inteira, Lili, repetia, e não conseguia parar de dizer coisas horríveis, e durante um bom tempo fiquei ali, consolando-a.

Uma vez, na frente de uns amigos, o Juan disse para a Milly que ela estava cheirando a cigarro; ela não podia fumar, e penso que, a seu modo, ele tentava cuidar dela, que tinha feito aquele exame no qual apareceu uma mancha. Te faz mal, falou o Juan, Você está com cheiro de cigarros e eles te fazem mal, ele dizia, e eu também lhe disse, e ela respondeu E você está com cheiro de cu, e não é do meu; lembrei de tudo isso naquela noite que passamos os três sozinhos, a Milly do jeito que estava, enfiada ali dentro, quieta, e nós afundados naquele sofá, mas não disse nada ao Juan.

É o último aniversário que você me estraga, a Milly disse ao Juan no ano passado, quando fez trinta e nove; eu estava presente quando ela falou. Tinha sido operada fazia alguns anos e estava bem, ninguém pensava que aquilo ia aparecer outra vez, repentinamente. Desde que conseguia se lembrar, ela sempre tinha sofrido, primeiro porque o pai foi um filho da puta com a mãe e com ela, depois, porque grudou no Juan; ainda mais quando ficou doente. Eu disse para o Juan no ano passado Por que você vai sair?

Por que não fica com ela, não está vendo que ela não está bem?, falei com a melhor das intenções, mas ele me respondeu uma coisa que me doeu tanto, disse Logo você, safadinha, preocupada com a Milly?, e me deu raiva porque aquilo que eu fiz, e que foi uma coisa horrível, eu sei que foi horrível, não diminui tudo o que sempre senti por ela, um amor como o de uma irmã que durou a vida inteira. O certo é que o Juan saiu e, quando voltou, estávamos na sala, jogadas no sofá, dormindo mal porque a Milly não queria ir para a cama; o turbante tinha meio que caído durante o sono e ela estava um pouco inchada por causa dos medicamentos. Abriu os olhos e eu achei que ia xingá-lo, mas não, recebeu-o com um sorriso e ele se aproximou e fez carinho nela. Fui colocar água para o mate e quis ir para algum lugar, para qualquer lugar, mas ela pediu que eu ficasse, Você não vai ver demonstrações de amor como essa com tanta frequência, disse. Remexeu-se no sofá e perguntou as horas. Ainda não amanheceu, respondeu Juan, apesar de que a luz já começava a entrar pela janela. Como foi?, perguntou a Milly. Teria aproveitado mais com você, ele falou. Você sempre diz a mesma coisa, disse a Milly, e depois perguntou No ano que vem você vai passar comigo? Sim, eu te prometo, disse Juan, e não teve mais remédio que cumprir o prometido. Por isso é que não acredito em coincidências, para mim ela fez de propósito, fez para o Juan, ou talvez também para mim. É verdade que não era a primeira vez que o Juan lhe prometia algo assim, mas desta vez teve que cumprir. Às vezes penso que ela fez de propósito, que era cabeça dura e fazia o que queria, do jeito dela, e isso, por mais estúpido que pareça, me consola. Só nós dois?, a Milly perguntou, e então ele disse que fariam uma festa, com os parentes e amigos, como se adivinhasse o que ia acontecer. Depois, quando ele foi dormir e ficamos nós duas, ela me perguntou: Você acha que eu vou estar bem no ano que vem, Lili, meu cabelo vai ter crescido? Mais tarde, na cozinha, enquanto preparávamos o café, tomei coragem para perguntar sobre os exames; percebia que as coisas não estavam bem, mas com ela não tinha jeito, mentia muito naquela época. Por que você não a leva para uma viagem?, pedi ao Juan quando vi que tudo ia de mal a pior. Porque me dá muita tristeza ficar sozinho com ela, ele me disse, e pensei que certamente era por isso que queria que eu estivesse o tempo todo com eles, e também que tinha sido por isso, para ele não ficar sozinho com a Milly, que tinha acontecido aquilo entre a gente.

Quando percebi que se aproximavam os últimos dias de julho e não conseguiríamos tirá-la da clínica, soube o que ia acontecer, e que seria bem naquele dia de agosto. Não disse nada ao Juan, mas achei que ele estava pensando naquilo tanto quanto eu. No entanto, na noite do velório, quando estávamos afundados no sofá, mortos de frio e de tristeza, ele disse Hoje é o aniversário dela, o primeiro aniversário que passamos juntos, você acredita?, e também disse aquilo em que eu não pude parar de pensar desde aquela noite, Sei que você não vai acreditar, Lili, mas eu sempre quis fazer ela feliz.

Talvez a Milly soubesse mais da vida do que a gente e, por isso, morreu antes; acredito que morremos quando já sabemos tudo, tudo o que é preciso saber; por isso morreu, porque já tinha aprendido tudo. Eu não sei muitas coisas, também não sei por que ela chamava o Juan de verdugo quando tinha sido ela quem desmontou a casa que estava marcada pelos militares para que nada acontecesse com ele. Talvez, digo a mim mesma agora que estou aqui em casa pensando, nestes dias que seguiram a sua morte e nos quais eu não consegui sequer levantar da cama, a Milly dissesse isso porque sabia mais da vida do que a gente, porque já tinha aprendido tudo, o que era e o que não era, e também as coisas que eu ainda não consigo entender, essas coisas pelas quais passamos nós quatro, e que às vezes vejo de um jeito, às vezes de outro. Talvez seja por isso, porque tudo já estava claro para ela, que teve um câncer que lhe arrebentou a cabeça e morreu antes de nós, no dia em que completou quarenta anos.

ESCOVA, DEPILAÇÃO, LIMPEZA DE PELE

para Susana Asselle

Pela manhã, meu orgulho era enorme,
assim como era pequena, à tarde, a minha resignação.
Reina Roffé

Decoro as unhas?, a mulher ruiva olhou ao mesmo tempo que ela para os dedos pequenos, com as unhas cortadas rente à carne; ninguém em sã consciência poderia acreditar que aquelas unhas pudessem ser decoradas, no caso em que as unhas possam ser decoradas.

Eram quase sete e ela tinha vacilado entre entrar no salão e ir até o supermercado comprar fruta, queijo, café, muito café, que toma à noite enquanto trabalha. Ela só vai ao salão para cortar o cabelo, não se interessa por outras frivolidades, nem fazer a unha, nem pintar o cabelo, nem se depilar. Certa vez, já faz alguns anos, por insistência da irmã, foi a um salão do centro fazer uma escova para o casamento de uma sobrinha. Vai ficar bonito, a irmã tinha dito, e ela pediu que fizessem a escova; mas depois, na tarde daquele dia, muito antes de se vestir para a festa, enquanto regava umas plantas no corredor, levou a mão à cabeça e se sentiu exagerada, ridícula. Entrou no banho, molhou o cabelo e saiu na varanda para que secasse com o vento. O que quer dizer que, antes, ela até tentava, mas depois, com o passar do tempo, mudou de ideia e já não precisa fazer a unha, pintar o cabelo, fazer penteado, o único que precisa é cortar o cabelo de vez em quando para mantê-lo ajeitado e não causar má impressão.

Estava com a cabeça reclinada para trás enquanto a assistente ensaboava o seu cabelo, quando uma ruiva se debruçou sobre o seu rosto, cravou os olhos carregados de rímel (grandes olhos verdes, olhos lindos, pensou, ainda que um pouco irritados pelas noitadas) nos dela e, dali mesmo, de sobre seus olhos, perguntou *Te depilo, querida?* Para começar, ela detesta que a chamem de querida e também detesta, como já se disse, fazer qualquer coisa no salão, qualquer coisa que não seja cortar o cabelo, e só por necessidade; tem o privilégio de trabalhar em casa, sem que ninguém a veja, é uma grande vantagem na sua idade. Mas a ruiva insistiu: *Você está cheia de pelos.* Agora ela sente vontade de matar a ruiva, vontade de dizer que ela adora os pelos, que se tem alguma coisa que ela gosta neste mundo é ter a sobrancelha cheia de pelos, mas as lições aprendidas com as freiras, primeiro, e na escola normal, mais tarde, além das boas lembranças da mãe e da avó, puseram-lhe o cabresto, de modo que se limitou a sorrir – um esboço de sorriso que declarava uma guerra interminável contra as ruivas –, do jeito que podia, naquela ridícula posição com a cabeça para trás, as unhas da assistente esfregando o seu couro cabeludo e as costas doloridas; é que ganha a vida ajeitando textos científicos, para ver se alguém os entende, pois a cada dia que passa os cientistas escrevem de uma maneira ainda menos compreensível – quanto mais estudam, pior escrevem, como dizia seu pai –, com uma sintaxe vergonhosa e cheia de erros, mas, se escrevessem bem, do que ela viveria? O que se há de fazer? A vida é assim mesmo, o mal de uns é o remédio de outros, ela já se acostumou; certas tardes pensa nisso, e é quando a resignação a vence.

O certo é que passa a vida corrigindo textos dos outros, e se tem alguma coisa que se estragou nela, para além de tudo o que se deteriora em uma mulher da sua idade, são os olhos e as costas. Os olhos estão desgastados porque ela também passa as noites acordada, não como a ruiva, mas no computador, para dar conta do trabalho, porque tem que se virar sozinha e do jeito que for; também se acostumou com isso.

Essa ruiva precisava de umas boas lições para aprender que a vida não é só rebolar entre as clientes, vestida com uma camiseta justa e uma calça de couro preta. Ela sabe observar, considera-se uma pessoa atenta ao comportamento dos outros, preocupada com as necessidades de seus iguais como espera que, caso alguma vez precise, alguém se interesse pelas suas, por isso raramente se surpreende, de tanto que andou e viu nesta vida, raramente se surpreende. E porque sabe observar, notou que a ruiva está sempre vestida de preto, com roupa justa e de preto, e desfila com a sua pele leitosa, a cabeça de fogo e os olhos exageradamente pintados de *kohl* e rímel. É o truque das ruivas, e ela conhece bem esses truques, porque, mal tinha completado vinte anos, antes de ter que parar de estudar para começar a datilografar trabalhos a máquina, uma ruiva parecida com aquela, com olhos de gata, vestida de preto e com a roupa ainda mais justa, ficou com Ricardo.

Mas tudo isso é passado, um passado de trinta anos, mil vezes revisitado e inofensivo agora, considera ela, e se volta para a ruiva do salão. Tem a impressão de que esta, ainda que não aparente ser uma pessoa inteligente, entendeu o seu gesto irônico, porque desde a discussão sobre os pelos, já não a incomoda, limita-se a passar por perto e, ao reconhecê-la, dizer: Ah, é verdade, você não faz nada, e em seguida continuar a oferecer mãos, unhas decoradas, depilação e limpeza de pele.

Faço a sua mão?, escuta a ruiva perguntar para as mulheres – suas companheiras ocasionais de salão – que leem revistas, cabeças embaixo do secador. São essas burrices que a tiram do sério. As mãos já estão feitas, boneca, sente vontade de dizer, mas sabe, já aprendeu, que tem que parar, tem que colocar o cabresto ou, senão, cortar o cabelo em casa, sozinha.

Se fosse necessário, a primeira coisa que seria obrigada a reconhecer é que a ruiva é atraente, tem uma certa beleza fatal, tingida sim, mesmo dando a impressão de que é uma ruiva natural que reforça a cor com tintura. A pele, tão branca, a fez pensar na outra, porque, ainda que saiba que o passado é passado e se tornou passado remoto, um pretérito mais-que-perfeito de trinta anos, ela, às vezes, se lembra da ruiva que fez Ricardo perder a cabeça e depois o abandonou jogado, comendo poeira. Ela já sabe que as ruivas foram colocadas no mundo para fazer estrago, ridículo para elas trabalhar, ficar horas sentada na frente da máquina, se entre os vinte e os trinta anos alguém pode se enredar em seus cabelos ruivos e ficar ali.

Esta ruiva é mais do tipo baixinha, mas considera que os homens devem achar que tem tudo o que é necessário, principalmente uma dianteira imponente, um verdadeiro balcão, e um traseiro que chama a atenção, enfim, tudo o que – além do cabelo – deixa os homens loucos. Supôs que já tivesse passado dos trinta e – pensou em uma frase grosseira, mas não lhe ocorreu outra mais apropriada – se perguntou por que estaria trabalhando ali, por que não tinha dado o golpe do peito, e também pensou que, se ainda não o tivesse feito, agora já era um pouco tarde para isso. Pensou que talvez dormisse com o dono do estabelecimento, descartou que se tratasse da esposa, pensou que era a amante, a amante não – corrigiu em seus devaneios – e sim uma diversão, um casinho de trabalho; abusava do álcool e da noite, era figurinha carimbada, ela percebia rápido essas coisas. Esse é o problema das ruivas, ponderou, não sabem dosar o que têm e se deixam levar pelos excessos, confiam na abundância como se fosse durar a vida inteira.

Há algo que sempre odiou nos homens (a verdade é que a esta altura já não está nem aí de ser grosseira, cansou do cabresto): são incapazes de prestar atenção em outra coisa que não sejam peitos ou bundas, não importa o que uma mulher faça ou pense, se for abençoada com um bom par de peitos e uma boa bunda, terá um marido ou um amante, ou as duas coisas ao mesmo tempo. E as outras? O que sobra para as outras? As outras que se danem, ela sabe bem, para conseguir alguém é preciso ter peitos como os da ruiva, disso está certa, já viveu o bastante para saber que as coisas são assim, que não há remédio. A vida é isso, garota, não se trata de um clichê, é a pura verdade, o mal de umas é o remédio de outras, bem sabe, teve que aprender.

Desde aquela tarde em que foi ao salão pela primeira vez, a ruiva e ela não trocaram mais do que aquelas poucas palavras: guerra surda e quase sem tiros que, pelo menos para ela, começou naquela tarde, na do dia em que escutou a bendita frase sobre os pelos. Mas em uma outra tarde, naquela em que hesitou entre ir ao mercado e entrar no salão, a tarde desta história, a ruiva se aproximou enquanto ela esperava que lavasse o seu cabelo e lhe falou no ouvido: *Faz uma limpeza, hoje quase não trabalhei*, e ela mordeu a isca.

Mal respondeu que sim e já estava com o rosto embatumado com um creme áspero; achou que a ruiva tinha se enganado de creme, que naquele tinham colocado areia, e disse: *O creme não está sujo? Parece que tem areia.* A ruiva respondeu: É um creme para peeling, *um tipo novo que deixa a pele lisinha. Parece um* lifting, *mas sem os riscos da cirurgia*. Ela não precisava nem de *lifting*, nem de *peeling*, e, caso precisasse, estava disposta a abrir mão deles, mas considerou que era melhor resignar-se e deixou que a ruiva lhe embatumasse o rosto com areia.

Teve a impressão de ver um gesto, um rápido aceno de acordo entre a ruiva e a menina que ia lavar seu cabelo, porque esta – que tinha chegado para começar o trabalho – desapareceu, de modo que as duas ficaram sozinhas no pequeno lavatório de cabelos, melhor dizendo, ela ficou sozinha à mercê da ruiva. *Você faz muitas horas aqui?*, perguntou para quebrar o silêncio. *Doze*, disse a ruiva. *Doze?*, ela engoliu em seco. É que recebemos por comissão, quarenta por cento do que cobro fica para mim. Ela engoliu em seco mais uma vez: *Quarenta?*, disse, e pensou que corrigir teses no computador era melhor, e também que embora o dono do estabelecimento ficasse com sessenta por cento, os quarenta restantes deviam ser um valor considerável, portanto valia a pena andar rebolando entre as clientes durante doze horas com uma calça justa e uma camiseta preta. *E quarenta por cento* é uma boa comissão?, perguntou sem entender por que perguntava. *Sim,* é boa, disse a ruiva, *ali na outra rua as meninas tiram trinta.*

Depois disso, já não conseguia mais parar de perguntar. Esta ruiva tinha dois filhos e era separada, segundo lhe contou enquanto passava um aparelhinho que zumbia feito uma betoneira no seu rosto. Sim, ficavam sozinhos em casa, já eram grandinhos; oito a menina e dez o menino, disse. Uma vizinha dava uma olhada. *Você não tem empregada?*, ela perguntou. *O que eu ganho não dá pra pagar empregada, querida,* falou a ruiva, passando um algodão com adstringente, e também passando por cima dos vinte anos que as separavam, *dá* só *pra comer.*

E o teu marido?, ela perguntou. *Meu marido? Foi embora quando a menina nasceu, fiz de tudo pra que ele ficasse, mas não deu,* suspirou a ruiva. Ela fez um gesto que não compreendia, um gesto sincero, e a outra continuou: *As coisas são assim, a gente faz tudo o que pode, mas às vezes não dá certo.* Aí aplicou um creme que lhe pareceu extremamente suave, delicado, um umectante com cheiro de flores. *Mas ele te ajuda com as crianças?*

Naquele momento, uma das moças se aproximou, disse alguma coisa no ouvido da ruiva, que se distraiu olhando em direção ao caixa, tentando ver alguém ou alguma coisa. *Claro que me ajuda, claro que sim, gosta muito das crianças*, e ela teve a impressão de que o verde dos olhos da outra ia ficando mais transparente, *da última vez que veio de Miami, levou os dois a Neverland e comprou para eles umas jaquetas com capuz muito bonitas, e no aniversário da menina mandou uma Barbie original, das que fabricam lá, minha menina é fanática por Barbies.* A moça que tinha dito algo no ouvido da ruiva se aproximou mais uma vez, esta vez fez que não com a cabeça; se posicionou atrás, e ela, ainda que não pudesse mais ver a ruiva, podia escutá-la de modo privilegiado porque falava junto aos seus ouvidos, e a ruiva continuou: *No ano retrasado também deu uma boneca, mas não uma Barbie, outra de uma marca que tem um nome difícil, só vende nos Estados Unidos.*

Ela ia perguntar se aquela era toda a ajuda que ele dava, mas já não queria machucá-la, nem sequer precisava se cuidar para não dizer alguma palavra que a ferisse, a verdade era que já não queria machucá-la. Não se tratava do cabresto, mas simplesmente do que desejava, e então compreendeu que o mais digno em uma pessoa como ela, preocupada com as necessidades de seus iguais, era não cutucar mais. A partir de um certo momento – e até pensou que a ruiva tivesse terminado o trabalho – o silêncio se prolongou, pareceu que durava uma eternidade, e ela pegou umas revistas. *Caras*, *Gente*, *Hola*, deu uma folheada e ficou com a *Caras*; nas primeiras páginas havia uma notícia sobre a cadelinha de Susana Giménez e entrevistas com umas modelos; deteve-se na seção de culinária, onde encontrou receitas com berinjelas, tinha berinjelas em casa, talvez na volta preparasse a torta da receita ou uma *ratatouille*, se tivesse abobrinhas na cesta de legumes.

Agora sim estava certa de que a ruiva tinha terminado o trabalho e estava pronta para contar suas tristezas a outra cliente, mas ela voltou com uma loção tonificante e a fez largar a revista, colocar a cabeça para trás e fechar os olhos para, em seguida, dar uns beliscos no seu rosto. Foi quando ela resolveu falar, assim, de repente, de bobeira, ou talvez fosse – pensou mais tarde, não sem certo sarcasmo – porque uma ruiva a estava beliscando: *Talvez ele volte. Sim,* disse a ruiva, *eu gostaria que voltasse, não só por mim, mas pelas crianças, que o adoram, mas é como ele diz, tenho que aprender a não ser egoísta, ele tem a vida dele lá, trabalha em uma discoteca e está morando com um estilista famoso...*

A ruiva tirou a capa. *Eu achava que os homens não abandonavam as mulheres bonitas,* ela comenta. *A vida é assim, o que é que a gente vai fazer? O mal de umas é o remédio de outras,* fala a ruiva. *Quanto te devo?*, ela pergunta. *São quarenta e oito pesos, querida,* responde a ruiva, enquanto a acompanha até o caixa. Ela já tinha pagado os quarenta e oito pesos quando a ruiva diz: *Se você fizer uma limpeza de vez em quando, a tua pele vai ficar maravilhosa.*

PASSADO PERFEITO

para Carolina Rossi

É melhor ficar olhando o céu
que morar lá em cima. É um lugar profundamente vazio.
Não é nada mais do que o país por onde
corre o trovão e tudo desaparece.
Truman Capote

Está parada, quieta, dentro da calça cinza-prateada e da camiseta; se estivesse descalça e com o cabelo solto seria mais fácil, mas está com sandálias tão leves que parecem de ar, e ficou esperando o impulso de suas pernas, olhando para Titi, enfiada naquela calça que não sabe se é cinza ou prateada, mas que aperta. Agora tem o cabelo curto, com mexas descuidadas e a boca semiaberta em um presente perfeito, mas era uma vez uma foto em contraluz, dos anos noventa, na qual ela era outra e estava com Pepi, as duas de cabelo comprido e óculos pretos, uns *ray-ban club master*, fumando cigarro ou baseado, não se lembra. Viveu no presente, mudando-se, mas vai procurar aquela foto, jura que vai, deve estar na casa de algum amigo. Há uma semana completou trinta e quatro anos e agora está no campo, no jardim da Negra, comemorando os quarenta anos de Maxi com Emílio, Guille, Alejandra, Loli... Estão todos, todinhos, fazia tempo que não os via, desde que parou de sair com Titi, mas hoje contornou a costa sinuosa, o rio turvo, até aquela casa na qual comemoram os quarenta anos de Maxi e, mal entrou, viu Titi embaixo da churrasqueira ou da lua cheia, tocando bongô. Bibi e ele pareciam um só tocando os tambores, o macho, o fêmea e o montuno; os outros estavam perto da piscina, sob a luz da lua, que brilha no céu e na água. A Negra se aproximou com uma cerveja, *o Maxi agora é quarentão e eu, que sou trintona, estou um pouco assustada*, disse, dando beijos, com o cabelo ainda molhado e um vestido tomara-que-caia... *Na semana que vem vamos pro Rio e de lá pra Campinas, eu fico, Maxi ainda não decidiu*, falou, olhando para o aniversariante, *estamos deixando rolar...*, a Negra estava bonita, bronzeada e de vestido, como se não tivesse acontecido nada. *Aconteceu alguma coisa?*, ela perguntou quando viu que Jenny não parava de olhar para Titi. *Não, está tudo bem*, disse Jenny, depois a Negra começou a contar sobre os cultos do candomblé, *seguram com uma mão e percutem com a outra*, vai estudar isso em Campinas. *Benny Moré era o máximo*, sussurra Emílio, que chegou perto de Jenny e a abraça pela cintura, *incrível ouvi-lo em Manantiales e em Cienfuegos, você não iria comigo pra Cienfiegos?*, mas Jenny não disse nada, ficou calada. De vez em quando Emílio canta e, quando quer, até que canta bem, então começou a cantar baixinho. Quando a Negra voltou com as cervejas, ele retomou o assunto dos bongôs, perguntou se o doutorado era sobre montunos ou sobre modos de percutir. *Montunos, modo de percurtir*, Jenny repetiu e saiu em direção à casa, mas uma mão, com certeza a de Emílio, a trouxe de volta para onde estava. *Para o fra-*

casso de estar vivo, não há como navegar, disse o moço das grandes ideias. *Navegar é bom pra ir pra puta que o pariu*, falou Jenny e já não soube como continuar, teve a impressão de ser de outro planeta, sentindo-se uma estrangeira pela primeira vez. A estrangeira escutou Emílio dizer *não gosto de drama, gosto mais do cara que vê que tudo está afundando e não se altera*. Depois falou Maxi, *desde que me dei conta que os quarenta chegavam, comecei a mandar tudo pra casa do caralho*, disse, mas certa vez Jenny tinha lhe pedido que contasse se Titi e Bibi estavam tendo um caso, que lhe dissesse a verdade, e Maxi tinha respondido que lhe importava um caralho o que Titi fizesse, então não era de agora a obsessão pelo caralho. *Experiência pura*, diz a Negra, *vimos isso em Campinas no ano passado*; e Jenny sabe que fala para alguém que não está, que fala para ninguém.

Antes não sabia, mas agora sabe que não é dali, que vem de outro mundo, ainda que alguma vez tenha sido a menininha da mamãe, criada com papinha,... *essa sim foi uma viagem*, arrematou Maxi, comentando Jenny sem saber o quê, *uma viagem de ida, né, Negra?*

Pra que viagens se de longe também se vê...?, pergunta Emílio pegando na bunda de Jenny. *Fantástico, de longe também se vê*, disse Jenny, se livrando de Emílio porque estava pensando outra vez em Pepi, que tinha sido pura química com Emílio, pensando em como tinham encontrado aquela mancha e tinham tirado o útero dela. A Negra também teve um probleminha, mas não contou nada para ninguém, astuta, a Negra; Pepi tinha contado para Jenny, que a visitava na clínica. Então não era verdade que os dois tinham estado no Rio, tinha sido internada pelo probleminha e, depois disso, tinham ido a Gesell e voltado bronzeados, como se tivessem ido uns dias para Menorca; *até os quarenta todas as viagens são de ida*, disse Maxi, *agora é preciso começar a voltar, né, Negra? Nós já estamos começando a viagem de volta, não?*, insistiu Maxi, e Jenny pensou que Maxi se importava pra caralho com isso. *Esse homem não faz outra coisa a não ser tomar juízo. Aburguesou*, a Negra disse rindo, mas a resposta tinha demorado um pouco a sair.

Agora Jenny sabe que vem de outro lugar, *eu concordo com a Negra...*, disse Emílio. Quarenta anos. Em cinco, seis anos, Jenny também terá quarenta, ela e todos os que estão ali; precisa de outra cerveja. Quando completar quarenta, Frida terá doze e estará experimentando as calcinhas e os jeans dela. E ela ainda vai estar usando as mesmas calças jeans? Agora tem trinta e quatro, fez há poucos dias, mas tem a impressão de que a sua viagem de volta já começou; alguns anos atrasada, a consciência de ter Frida se impõe com a mesma força que o assunto de Pepi, já não a agrada que more com a avó, cresce rápido quando não a vê, morre de vontade de estar com ela, mais ainda agora que Titi foi embora com Bibi, agora que aconteceu *isso* com Pepi. Livra-se outra vez de Emílio, que insiste, o chato, em ir para algum estúpido lugar do mundo tomar sol, e se senta na borda da piscina. Sabe que tiveram que tirar o útero da Negra, isto é, que isso é uma coisa que pode acontecer a qualquer uma, a qualquer momento, algo que poderia acontecer a alguém mesmo antes de começar a viagem de volta; precisaram tirar o útero dela, como o de Pepi, mas ao contrário de Pepi e da Negra, Jenny tem Frida, sente saudades dela, agora mesmo sente a sua falta. A Negra também teve um probleminha, o mesmo que Pepi, mas diferente, porque a Negra está aqui descalça, bronzeada, com um vestido tomara-que-caia, está maravilhosa e não falou sobre isso com ninguém, ainda que Jenny tenha sabido por Pepi.

Guille se aproximou e a abraçou, *Você está triste, aconteceu alguma coisa?* Guille também se separou há pouco tempo, ele para um lado, Andréa para o outro e a menina com a mãe de Andréa, agora ele divide uma casa em Los Altos com um amigo e está tudo bem com Andréa, com seu amigo e com a menina. *Vou te convidar pra jantar um dia que estiver sozinho*, falou, *I promise*, mas Jenny sabe que a única promessa é viver o presente, sem se preocupar, como quem olha um catálogo... *Navegar te dá a possibilidade de fazer amigos...*, diz Emílio na borda da piscina, na borda, mas plantado, para não sair dali. *Isso é bom*, disse Jenny e foi em direção a onde estavam as cervejas e o champanhe. *Que mau humor! O que você tem? Fazemos o possível..., mas amigos, tá?*, insistiu Emílio. Até agora ela também tinha vivido assim, no presente, mas naquela noite lembra que era uma vez uma foto na qual estava com Pepi, as duas com aqueles *ray-ban* escuros, fumando. Vai procurar essa foto, não sabe se ela ainda existe, nunca encontra nada em lugar nenhum, mas vai procurá-la, *I promise, Pepi, I promise.*

O *Maxi agora é quarentão*, tinha dito a Negra, descalça e com o cabelo sobre o rosto, muito bronzeada porque acabavam de chegar do Rio ou sabe lá de onde, ou tinham estado navegando no veleiro de Emílio. O vestido grudado no corpo e nada além de uma tatuagem nova no ombro e a de sempre, delicada como uma pulseirinha, no tornozelo esquerdo. *Os quarenta assustaram um pouco a gente, né, Maxi?*, a Negra disse, rindo, com seu vestido como se fosse uma pele e a garrafa de *Stella Artois* na mão, enquanto beija os que chegam, e Maxi, que não fala nada, está com um grupo, perto dos champanhezinhos, escutando o relato de Rulo, que acaba de voltar de Istambul. Não há comida em lugar nenhum, mas o jardim é uma delícia, grama cortada à máquina e a piscina que convida para um mergulho: falta pouco para que alguma das garotas se jogue na água e depois saia para dançar com seu vestidinho molhado.

Chegam Alejo, Talero, Lili, Reyna e a todos a Negra diz que está assustada, então todos falam dos quarenta, *que deprê, inevitável. Brindamos?*, propôs Gaby. *Brindemos. Pelo final dos trinta*, continuou, e deu um beijo na boca de Luisi. *Não fale do final dos trinta que me assusta*, diz Luisi.

Vários ficaram dormindo na casa, em redes penduradas na varanda, dentro de sacos de dormir, nos porta-malas dos carros ou jogados na sala. Trabalharam de manhã, uma exceção, porque aqui ninguém se levanta antes do meio-dia, mas hoje é o aniversário de Maxi e, com os olhos ainda um pouco sensíveis, improvisam em mutirão o beiral de palha que dá para o jardim e o cobrem com um plástico, caso chova. Depois, já quase ao entardecer, dormem de dois ou três, fora ou dentro, nas camas e no tapete da sala, até meia-noite, rogando para não chover.

A Negra foi a primeira a acordar, *São onze, hora de tomar banho*, disse, tirou a calcinha e se jogou sem roupa na piscina, a água estava maravilhosa, depois se jogou Maxi e se acariciaram um pouco, estavam se excitando mas ali não dava, temeram que chovesse, mas não; a noite estava esplêndida, a lua amarela pendurada a um canto do jardim, clara, estranha, cálida. *Que noite! Um presente!*, disse Jenny, e a Negra acrescentou *Graças ao Maxi, que tem um santinho muito poderoso, te contei que a gente vai pr o Rio? Sim, sim, contei. A gente vai passar um tempo*, de modo que a festa era pelo aniversário de Maxi e também pela viagem ao Rio.

Guille está na borda da piscina, sozinho, olhando para Jenny. *Tudo bem?*, pergunta Jenny, *Sim, tudo bem*, diz Guille. Guille, Jenny, os únicos que tiveram filhos, *se você a visse, a menina está linda*, fica ressoando no ouvido de Jenny. Ainda bem que as coisas vão se ajeitando, pensa Jenny, Guille com Bigode, Andréa com Paco, Titi com Bibi, e ela..., está procurando. Assim a noite vai avançando, até que uma das garotas se joga na água, depois dança na grama, com a roupa molhada, grudada ao corpo. Nisso chega Bigode e faz uma cena de ciúmes para Guille, *você está olhando pra ela embasbacado, você é um idiota!*, mas Guille diz: *Não seja bobo*, e o abraça, e vão abraçados até a casa. Todos falam de livros, dos últimos filmes, de música, de viagens; alguns pintam, outros escrevem, outros cantam ou compõem, Paco é DJ, Guille performer, Maxi às vezes é artista visual ou faz estéticas relacionais, não como Bigode, que se interessa pelo objetivismo, a Negra acaba de descobrir um escritor senegalês, também por isso está assustada, e todos tomam cerveja ou champanhe e falam, falam muito e fumam um pouco, modos de saber que se está em dia.

Nova York é uma boa, dá pra se inserir, disse Guille. *Gosto de pertencer a vários mundos, curto isso,* diz Emílio. *O bom é saber que somos um grupo, né?*, acrescenta Maxi. *Eu não me sinto parte de nenhum grupo*, diz Jenny. *E somos o quê, então?*, perguntou Titi, abraçado a Bibi. Jenny com certeza ia responder alguma coisa, mas a Negra tomou a dianteira: *Meu orientador diz que hoje a gente se expõe demais. E o que se há de fazer, agora o barato é esse!*, disse Emílio. *Tem que deixar rolar*, retruca a Negra, e Emílio diz que não está por dentro do assunto das bandas, nisso concorda com Jenny, às vezes gosto de estar longe de tudo, ir navegar na puta que pariu e ficar um mês em alguma praia, andar sem nada, me jogar com a boia n´água e só, diz.

Brindemos à ideia de não ir a lugar nenhum, de ser energia pura, acrescenta a Negra, um pouco cansada. Jenny está ainda mais cansada. *Me importa um caralho certos discursos, isto aqui não é o tempo dos nossos pais...*, disse Titi, e todos perceberam que não falava para o grupo, que falava diretamente para Jenny. *Acontece que algumas vezes o santo da pessoa é forte*, diz a Negra, *o Santinho do Maxi, por exemplo, é superforte, a gente viu ele ainda outro dia com o meu orientador, e esse Santinho de cada um está em todos os lugares, está na história da gente, louco... é o subjetivo.*

Nossa subjetividade é terrível, diz Jenny. A Negra esteve a ponto de pronunciar alguma coisa, o *t* de terrível,

Jenny tem a impressão, ou o começo de um xingamento, talvez, mas parou por aí, o som interrompido que pouco depois virou gargalhada. Tinha medo de que você fosse embora, pensou Jenny. Ela agora também tem medo, mas não sabe do quê. Guille logo se muda para Nova York, por causa das estéticas relacionais, os quarenta vão encontrá-lo lá, sem ninguém com quem festejar. Ninguém teve filhos, apenas Guille há pouco tempo, e ela, alguns anos atrás, quando ainda era uma menina, Jenny tinha tido Frida. Ninguém mais teve filho ali, no entanto Bibi falou *esse é meu último baseado, estou grávida*, disse isso na metade da noite. *Eu não teria um filho nem a pau*, fala a Negra, *isso não está nos meus planos*, não conta que é por causa do probleminha, apenas diz que não está nos seus planos, mas Jenny sabe que tiraram o útero dela, sabe bem, Pepi lhe contou antes de partir. *Bravo, Maxi!*, Titi gritou mais tarde ao microfone, *que legal fazer quarenta, tocar em frente*, disse isso abraçado a Bibi, que está grávida. Perto da piscina, alguém que não Emílio, nem Maxi, nem Rulo, mas uma garota, grita: *Você está maravilhosa, Bibi!*

O Maxi agora é quarentão, a Negra tinha dito à tarde, no momento em que Jenny chegava na casa, *estou assustada*, repete. *Outra vez? Mas o que é que essa idiota está dizendo?*, alguém gritou, Guille?, do outro lado do jardim. *Eu queria ser artista visual!*, gritou Uli, já visivelmente bêbada, *porque amo a arte... mas só posso falar disso com vocês, não é mesmo, Jenny?*, e a Negra soltou outra gargalhada. Enquanto isso, Pepi os olhava de algum céu do mundo e pedia um pouco de clemência por todos eles.

UMA RAZÃO PARA PARTIR ASSIM, SEM DIZER NADA

para Clara Rut Crimberg,
in memoriam

Podia-se dizer que estava viva
e se podia dizer que estava morta.
Eurípides. Alceste, 141

Havia uma razão para partir assim, sem dizer nada. Experimentou alguma certeza disso quando pegou a estrada, e também mais tarde, quando parou no dique, apoiou-se no paredão e foi invadida pelo cheiro de hortelã. Quando era pequena, sua casa tinha cheiro de hortelã: lembrou-se como se aquela mata perfumada nunca tivesse saído debaixo das árvores frutíferas, nem as circunstâncias que a rodeavam quando o soube.

Do paredão, viu o corpo de um menino dormindo entre as pedras e se assustou. Perto dele, um homem pescava. Ela viu como girava a mão no molinete para recolher a linha e encontrou – ainda vivo em sua memória – um gesto de seu pai, os dias longínquos no Delta, a vara lançada ao rio, imóvel, segundos antes da sacudida na água, do estremecimento que antecede à quietude. O homem tira o peixe do anzol e o joga perto do menino. Ela não pode precisar o tempo que esteve olhando para a água, para o peixe, para o menino que parecia morto, até deixar que lhe brotasse o impulso de voltar para o carro.

Parou em Cerritos para tomar alguma coisa. O garçom, um rapaz quase imberbe, tinha uma cruz pendurada na orelha. Na sua casa, eram obcecados por crucifixos. Sua mãe tinha começado a comprá-los quando sua irmãzinha nasceu, desde então, procurava por eles em todos os santuários que ia para cumprir as suas promessas e, depois, os pendurava em correntinhas de ouro ou de prata; agora, por exemplo, ela se lembra, balançando sobre o vestido branco, daquele crucifixo que tinham comprado em Reducción. Perguntou para o rapaz como iam as coisas, porque algumas vezes se iludia pensando que em algum lugar do mundo eram diferentes, mas ele lhe respondeu que como em todos os lugares.

Terminou a cerveja e foi ao banheiro. Ao sair, viu o rapaz novamente: lutava com a porta do banheiro dos homens, disse que alguém tinha ficado preso, que poderia ter desmaiado ou, até mesmo, morrido. Por mais que tentasse, não conseguiu abrir a porta, chamou um vizinho e tiveram que arrombar a fechadura; então viu as plantas, as margaridas recém-regadas e a gata que miava em cima do tapume.

O rapaz olhou de novo para a fechadura e bateu insistentemente na porta; depois pareceu entender que não obteria resposta e disse que era preciso chamar um médico. Pediu-lhe que o ajudasse a encontrar um, porque era provável que o homem que tinha ficado preso estivesse desmaiado ou morto, e também disse que precisariam de um serralheiro. Não foi preciso médico nem serralheiro porque ela abriu a porta e caminhou até o fundo e viu a árvore e, nela, os frutos. O garçom tentou mais uma vez: forçou a fechadura e o crucifixo que tinha na orelha balançou. Aquela coisa também balançava, pendia, horrível, como um objeto de mau gosto, um objeto grande demais para uma casa.

A ambulância chegou antes do que o serralheiro e ela teve que pedir para o médico e para os socorristas que arrombassem a porta para tirarem o homem, como se pedisse ajuda para uma pessoa querida, como se o que estava lá dentro, morto ou talvez agonizando no chão, também tivesse alguma coisa a ver com ela. De repente, sentiu-se ridícula naquele bar, com aquelas pessoas, e escapou. Entrou na estrada quando começavam as notícias, então desligou o rádio para pensar para onde iria. Não sabia para onde ir, rodou sem rumo durante horas até que a encontraram; tinha treze anos e precisava dos seus mais do que qualquer outra pessoa no mundo, não havia razão para que as coisas tivessem acontecido daquele jeito. A razão, disse para si mesma, é como um vidro que estoura na frente dos olhos e ficam apenas os fragmentos, milhões de fragmentos, cada um guardando o seu pedacinho de verdade.

Não tinha rodado nem vinte quilômetros quando viu um grupo de pessoas e um vulto na beira da estrada. Até chegar muito perto, hesitou entre parar ou continuar; então deu marcha ré para perguntar se precisavam de alguma coisa. Responderam-lhe que não e ela ficou olhando para o homem que estava no chão e que tinha, teve a impressão, os pés muito pequenos para o seu tamanho. Uma mulher disse que todos os dias morria alguém, que já estavam acostumados. Ela não, pensou, não tinha se acostumado; mesmo tendo passado tantos anos.

Esteve a ponto de perguntar o que havia acontecido, se tinha sido um acidente, mas os olhos da mulher a desencorajaram. Também a tinham desencorajado a gata, uma frase escrita no muro e o olhar vívido do pai. Depois, mas isso foi muito tempo depois, ela reconheceu os indícios do que tinha acontecido; tinham estado ali, exibindo-se grosseiramente na rotina de suas vidas: palavras que pareciam ter sido ditas ao acaso, gestos que não tinham razão de ser e, principalmente, aquela foto que sua mãe tinha lhe dado quando ainda era menina, uma foto de família na qual a mãe estava entre as filhas, com uma frase de Rilke escrita embaixo: *Escrito está que guiarás a muitas à solidão*. Naquele tempo ela não sabia quem era Rilke, nem entendeu o significado da frase que a perseguiria durante anos. Não há muito tempo, já nem se lembra onde, leu umas palavras: *Nas coisas essenciais, unidade; nas não essenciais, liberdade; e em todas as outras, caridade,* e pensou que ninguém tinha sido caridoso com ela, pelo menos não a sua mãe; mas talvez não se tratasse disso, talvez fosse a mãe quem tivesse pedindo caridade e ela não tenha podido dar. Essa frase a persegue nos últimos dias, ganha formas, contornos diferentes, até ser o que é: um pedido de ajuda que faz tantos anos depois de ter acontecido aquilo.

O carro faz um barulho estranho, deveria prestar atenção para poder explicar ao mecânico; mas não consegue se concentrar, na sua cabeça aparece a chave, a porta, a dificuldade de abri-la, as pessoas se amontoando, esse desespero que não irá embora. Parou para almoçar em Carrizales, alguma coisa rápida porque precisava voltar para a estrada. A costeleta estava mal passada e pediu que a passassem um pouco mais, mas o dono do restaurante disse que estavam sem cozinheiro, que o filho do que tinham havia morrido: uma caminhonete despenhada no caminho dos lagos. Perguntou se tinha sido a velocidade, mas o homem respondeu que não, que era a mesma coisa de sempre: vinte anos, um amor não correspondido e o desejo de não continuar. Tinha começado a correr feito uma louca, repetindo que era um acidente. Seu pai também disse que se tratava de um acidente e todos falaram disso e, depois, falaram de loucura e, depois, durante anos, ninguém falou nada.

Passam as cenas da queda pela televisão, a caminhonete despencada, o rosto jovem do menino e, então, ele e a menina em uma festa de aniversário. Nesses casos, ela não sabe de quem é a culpa, mas sabe que as culpas existem e têm donos. Demorou bastante tempo com o café, até que o impulso de continuar brotasse, como tinha acontecido durante a manhã no paredão do dique. Enquanto deixava os minutos passarem, teve a impressão de escutar, mais uma vez, o barulho dos ossos, todos os dias escuta o barulho de ossos se quebrando.

Ela nunca teve quem a abraçasse, sua irmãzinha tinha ficado com tudo, aquela menina que nasceu boba precisava de todo o amor da mãe; era o pai quem dizia. Seguiu por Pirquitas até Cachi e parou para ver os menires. Era estranho que aquelas marcas tivessem resistido assim, na beira do caminho – como aquelas do druida, pensou –, e também pensou que aquelas modestas marcas de seus antepassados tinham conseguido chegar até o final dos tempos.

Perguntou-se muitas vezes a mesma coisa, mas não encontrou uma resposta: havia uma razão para ir, mas também razões para ficar, ainda que a essa altura dos acontecimentos ela já não soubesse se era possível voltar atrás.

Pensava, ao descer a ladeira em direção ao carro, que já tinha estado ali com alguém – alguém que agora não estava em lugar nenhum – e tinha descido a ladeira, agarrada àquela mão, com uma fé que agora não tinha. Naquele tempo, ela desejava compreender; agora, ao contrário, teria feito de tudo para deixar de compreender, e não conseguia. Teve a impressão que lá, no fundo, alguém fazia sinal e que novamente havia um corpo na beira da estrada; desta vez era uma mulher gorda, que ainda não tinha sido coberta. Baixou o vidro e perguntou o que tinha acontecido. Um homem respondeu que a tinham visto cair. Vinha caminhando de Atrolcó em direção ao vale, disse, estava com uma sacola de compras e se desequilibrou, todos os dias cai um. Ela olhou mais uma vez para a mulher que estava esticada no chão e se ofereceu para levá-la a um hospital, mas todos disseram que já não havia o que fazer, que estava morta e que deveriam avisar à polícia. Pensou que em algum momento apareceria um legista. Lembra-se muito bem do rosto do legista e de quando pegaram os corpos e os levaram ao necrotério para investigar as causas da morte: exames sem fim, dissecações horríveis, trabalhos de matadouro, apenas para confirmar o que já sabiam.

Pelo caminho teve a impressão de ver outras pessoas lhe fazendo sinal, se prometeu não parar, mas continuar acelerando até onde fosse. Foi invadida por um sopor e por uma consciência relativa das coisas. Quando se aproximava de Pocitos, teve a impressão de que alguém se jogava no lago: as pernas de alguém que está de cabeça para baixo, apenas as pernas, que logo desapareceram.

Desceu do carro para olhar a água – tão parada que chegou a sentir medo –, mas o lago não dava sinal de ter engolido ninguém.

Mais a frente, duas meninas penduradas em uma árvore, os vestidinhos floridos balançavam e conseguiu ver a calcinha branca de uma delas. Depois não eram duas, mas quatro, penduradas em uma cerejeira naquele caminho que levava para o norte quente e seco. Logo viu outras árvores, cada vez mais árvores, frutíferas de zonas frias, coníferas que jamais cresceriam ali, algumas plantas de espécies estranhas e outras de nenhuma espécie, e em todas havia meninas e mulheres enforcadas como sua mãe aquela vez, sua mãe com um vestido branco de festa; todas penduradas nas árvores como pendia da nogueira a sua irmãzinha com os olhos abertos, as duas penduradas nos galhos como objetos muito grandes para seus olhos. Eram tantos os mortos que via em todos os lugares que não soube para onde ir, que caminho tomar. Ninguém precisa de ajuda para morrer, pensou, somente a sua irmã boba tinha precisado da ajuda da mãe. Ela não precisaria de ninguém no lugar para onde ia, porque agora sabia para onde ia. Olhou para a lua que aparecia brutal, sangrenta, e continuou olhando, alheia a qualquer razão, até que, na última curva, antes de sair para a reta, caiu no vazio.

A FELICIDADE

para Tely Smania

Procuramos a felicidade sem saber onde ela está,
como o bêbado a procurar sua casa,
sabendo que tem uma.
Voltaire

As duas faces da felicidade era o nome daquele filme de Agnés Varda do qual todo mundo falava e que ela assistiu em uma tarde de setembro de setenta e três. Ainda lembra claramente de uma das cenas, aquela mulher loira como um anjo de santinho, encostada em uma árvore, com a cabeça do seu jovem marido apoiada em sua saia. No filme, a mulher loira e o marido tinham saído para fazer um piquenique, apenas um passeio de duas pessoas que se amam, como o passeio que ela está preparando agora com o marido, para aquele dia na serra, trinta anos mais tarde. Acomodou na bolsa térmica o lombo que tinha assado com um punhado de ervas aromáticas da sua pequena horta na noite anterior, enquanto assistiam a um documentário. Teve dificuldades para ficar sentada no sofá, levantou-se várias vezes para conferir o lombo que assava e sentir aquele perfume intenso de louro; depois, para ligar para o filho, que acabava de chegar de São Paulo, e para escutar as mensagens que talvez tivessem sido deixadas na secretária eletrônica. Já não tinha paciência para assistir a um filme inteiro, isso tinha começado a acontecer nos últimos anos, poucas vezes alguma coisa lhe chamava a atenção a ponto de mantê-la sentada durante uma hora no sofá ou na poltrona. No entanto, houve um tempo em que ela tinha disposição para ficar uma hora sentada no cinema, prestando atenção na história do carpinteiro e de sua mulher, o que trouxe bons resultados.

Era um cinema na avenida Colón, frequentado por estudantes. Na metade do filme, um desconhecido sentado na poltrona ao lado tinha esticado a cabeça, agora grisalha, em direção a ela, e perguntado se queria amendoim. Ela se serviu de um punhado de amendoim com casca, colocou em cima da saia, e continuou a ver o filme como se o amendoim tivesse sido oferecido por seu irmão ou por um amigo da vida inteira. Agora, enquanto ajeita no fundo da bolsa térmica as peras, duas maçãs, o lombo e os tomates, pela janela da cozinha vê Humberto colocando a lenha em um lugar protegido, embaixo da varanda. Ele entra, diz que logo vai começar a esfriar, tira as botas, esfrega os pés; sente um pouco de dor nas cadeiras. Ela se aproxima e pergunta como ele está. Tudo bem, pensa ela, porque agora ele a abraça e diz: *ainda dou conta*, e riem. Ele sempre brinca com a idade e com os males da idade.

Ela tinha ido assistir ao filme depois de uma prova de literatura francesa. Ele estudava cinema e, mal saíram do Cine Moderno, a convidou para jantar em uma taberna onde serviam uma buchada sensacional. Foi lá, comendo a buchada e tomando o vinho da casa, que ele explicou a ela que Agnés Varda trabalhava com as cores de um jeito que alguns achavam decadente, mas que ele, e mais tarde ela, quando aprendeu o que ele podia lhe ensinar, adorava. A diretora do filme era belga; certa vez, muitos anos mais tarde, quando Pablo estava no ensino médio e Laura começava o jardim de infância, os dois tinham feito uma viagem, a viagem de suas vidas. E tinham passado por Bruges e Bruxelas, tentando colar o que tinha se rompido depois do envolvimento de Humberto com Emília. Tende a pensar que aquela história dele com Emília foi um impulso passageiro, em um momento em que ela estava muito ocupada com os filhos, mas, apesar disso, pelo jeito que as coisas terminaram, não deixou de significar uma perda de confiança. Demorou anos para recuperá-la, se é possível dizer que a recuperou. Inclusive agora, quando já é pouco provável que ele decida traí-la, às vezes não consegue se controlar e pergunta várias vezes se ele a ama, porque de um jeito bobo ela pensa que talvez ele pudesse ter escolhido uma vida melhor para si e que ficou com ela apenas para preservar o que tinham, o que haviam construído juntos.

Já na estrada, ela prepara o mate, amargo como Humberto sempre gostou, como ela aprendeu a gostar. Sabe que a felicidade é algo que só se alcança em união com o outro, que não é possível ser feliz sem essa aliança e, portanto, se as coisas são assim como ela acredita, deve reconhecer que, apesar de tudo o que passaram, poderia dizer sem mentir que são felizes, porque a aliança que construíram, ainda que tenha apresentado algumas fissuras, se amalgamou bem. *Esta erva não é boa*, ele diz. Os quatro atores – o protagonista, sua mulher e seus dois filhos – que representavam a família do carpinteiro apaixonado também eram uma família no mundo de fora do cinema, a família Drouot. Riram juntos pela primeira vez quando, naquela taberna ao estilo de Mendoza, servindo-se de um vinho escuro, de procedência duvidosa, da boca de um pinguim ao copo de vidro azul, ele perguntou como ela se chamava e ela disse *Teresa*, riram porque esse também era o nome da protagonista de *As duas faces da felicidade*.

Ele continua forte, mesmo agora, com mais de cinquenta; os anos passaram rápido desde aquela tarde, passaram para os dois, mas de algum modo ele continua sendo aquele jovem que jogava basquete e trabalhava no centro acadêmico, uma combinação que lhe pareceu irresistível. Continuava sendo, e ela só podia ser grata por isso, aquele rapaz que tinha conhecido no Moderno, o rapaz que morava com dois amigos em uma espelunca na frente do estádio do Belgrano, estava a ponto de se formar e queria fazer cinema nos bairros. Continuava sendo e já não era o rapaz que não pôde terminar o curso porque um dia os militares chegaram à espelunca onde morava, perguntaram quem era Humberto Rosales e o mantiveram oito meses preso; meses que agora parecem nada, em vidas como as deles, de mais de cinco décadas. Oito meses e ele saiu e se tornou outro, porque o mundo era outro, o mundo era silencioso, e a Escola de Cinema tinha fechado e ninguém se importava com o cinema nos bairros, nem com a *nouvelle vague*, nem parecia aceitável que, como naquele filme francês, um marido tivesse uma amante. Então eles se abraçaram desesperadamente, esconderam-se em uma casa fora da cidade, ele conseguiu um trabalho como representante comercial, pouco tempo depois nasceu Pablo, foi passando a vida de todos os dias e cada coisa aconteceu como tinha que acontecer.

Passaram o Embalse, o embudo e as nove curvas e agora pegam o caminho para San Miguel de los Ríos. Felicidade é abrir mão das necessidades, por isso só se pode alcançá-la na maturidade, uma maturidade que para eles chegou plena e sem privações. Como o filme de suas vidas, aquele que os dois tinham visto no cinema, foi passando, e os espectadores, ela e o rapaz que então lhe oferecia amendoim, sendo conduzidos por aquela mulher loira que sabia que sobrava no mundo. Aceitar as coisas como elas são parecia ser o mais fácil, o caminho para a felicidade, compreender Humberto, sentir que apesar de tudo era seu outra vez porque Emília tinha decidido deixá-lo, ou quem sabe tenha sido ele quem decidiu deixá-la. De início, gostou de pensar nessa possibilidade, ele tinha deixado a outra por causa dela, mas, depois do acontecido, durante muitos anos desejou que fosse Emília quem tivesse abandonado Humberto. Agora, entre o que desejava antes e o que começou a desejar depois do acidente de Emília, já não consegue se lembrar exatamente como Humberto lhe contou do rompimento, só o que lembra é que teve que fazer um esforço para que ele continuasse sendo seu. Às vezes é preciso que alguém morra para que os outros vivam como desejam, uma amiga lhe havia dito, e isso foi o que fez Emília depois do *affaire* com Humberto, morrer em um acidente doméstico. Absurdo, nas palavras da irmã que morava com ela, porque tinha escorregado na cozinha, de um jeito bobo, imprevisível, e batido a cabeça sem soltar um gemido sequer. O mesmo tinha feito a protagonista daquele filme francês, tinha decidido ir embora, ceder seu lugar para a amante, deixar o caminho livre para os dois, em um triângulo amoroso bem ao gosto daquela época.

É incrível como fica o bosque no outono; as folhas amarelas e a luz que elas filtram na manhã de abril podem até fazer esquecer que há poucos meses um incêndio aconteceu ali. Sabe que a felicidade que alcançou é consequência de ter agido como agiu, de ter tolerado algumas coisas, pequenos desgastes superados como se se tratasse de uma aventura. Foi assim que ela, eles, montados na rotina, com alguns trancos e relinchos, fizeram a travessia daquela tarde em um cinema até este passeio pelo campo. Ele também deve ter tolerado certas coisas, mas está certa de que lhe ofereceu uma dedicação sem restrições. Ela não teve amantes, isso foi uma coisa que nunca lhe atraiu, sempre desejou uma vida simples, sem complicações. Pararam para comprar um pão caseiro e um queijo de cabra na venda que fica um pouco antes do caminho de cascalho. Pode parecer bobagem, mas nesse pão e nesse queijo está todo o prazer que agora persegue; encontrou certa felicidade à medida que foi diminuindo o desejo, as ambições miseráveis e os apetites, permanecendo atenta unicamente à sua casa, ao seu jardim de flores e à sua horta. *Este queijo não é de cabra, é de vaca*, ele diz. Ela se distrai um momento, o suficiente para que ele coloque a mão no seu joelho e pergunte no que está pensando. *Que nada é como antes*, ela diz.

Pegaram um desvio e agora entram pelo caminho de cascalho que divide o bosque de pinheiros em dois. Não tinha passado muito tempo desde que pararam para comprar o queijo e o pão quando uma raposa cruza o caminho. *Ainda tem raposas por aqui*, ela diz, e ele aproveita para fazê-la notar que algumas coisas continuam sendo como eram. É capaz de dar uma olhada rápida para trás e ver que uns sofrem mais que outros, ela tem alguns bens e sabe que sem eles não sentiria a felicidade que sente. Sabe também que o que sente por este homem que a acompanha, este homem com quem teve filhos, com o qual percorreu um caminho, com o qual, apesar dos corpos gastos, ainda faz amor, extrapola os bens que possuem e se estende em direção a alguma coisa interior, para além dos objetos que compraram e da família que construíram. A felicidade é um estado, assim como a angústia, depende da relação de cada um consigo mesmo e pode ser alcançada, agora está certa disso, somente na maturidade. Ela chegou a esse ponto como se tivesse se aposentado de alguma coisa, das dores da vida ou de suas pequenas dificuldades. Como se tivesse relaxado, agora que os filhos finalmente estão bem, agora que ele já não a abandonará nem ela terá que morrer para dar lugar a outra pessoa, agora que passou a necessidade de prendê-lo para que continue sendo seu, e então pode se permitir, por que não, certa serenidade. Pegaram uma passagem estreita, uma curva do bosque, depois um caminhozinho que desemboca no rio, quase na altura da ponte suspensa, e decidiram descer. O certo é que faz tempo que ela decidiu aceitar a vida como ela é, decidiu ser feliz. Talvez por isso, como consequência disso, estejam vivendo um bom momento, com tempo para eles de novo, sentindo certa felicidade.

Ela ajeita a toalha xadrez, ele pega a bolsa térmica azul, ela improvisa a mesa do almoço, os copos de aço inox, os pratos de madeira, os talheres. Ele corta o pernil, corta o queijo como se fosse de cabra, abre uma garrafa de Malbec. A fortuna da vida consiste em ter sempre alguma coisa para fazer, alguém a quem amar, algo que esperar, e ela tem o que fazer, tem a quem amar, não está muito certa do que pode esperar, mas certamente alguma coisa vai aparecer. Do lugar onde está, junto ao rio, sentada no chão como quando era jovem, olha para o plátano em cuja sombra improvisaram o piquenique, vê sua sombra no rio e lembra daquele conto de Mansfield no qual, de noite, no jardim de uma casa, duas mulheres olham para uma pereira que parece que vai tocar a lua. Duas mulheres presas em um círculo perguntando-se o que devem fazer com aquela felicidade que lhes aperta o peito. *Você esteve distraída a manhã inteira*, ele diz, *não falou quase nada*. Ela sorri, diz que não é nada, *não se preocupe*, apenas sente o peito um pouco apertado pela felicidade de ver as árvores se esticarem até tocar o céu. Ele olha para ela. Ela sabe que a olha como quem quer fazer amor. Não a toca sem antes perguntar, como costumava fazer até alguns anos atrás, agora faz rodeios. Ela também o olha, aproxima a mão do seu rosto, diz: *depois, em casa*.

Saem para caminhar, os tênis fazem as folhas estalarem. A luz filtrada entre os galhos que caem em direção ao rio, projetando uma mancha. *Que outono!*, ela diz. Caminham de mãos dadas como na tarde em que se conheceram, caminham até a ponte suspensa como caminhavam até a taberna ao estilo de Medonza, compreendendo que no futuro daquele ontem estava esta tarde, este remanso para os dois. *Não consigo saber em que momento foi que fiquei velha*, ela comenta. Mas ele não escuta, a detém, diz que a ama como sempre. Depois, caminham pelo bosque quase sem falar, acompanhados pela música das folhas, até que a tarde avança e pensam em voltar. *Quero uma foto desta tarde*, ela diz. Ele tira a máquina da capa, pede para que ela se aproxime do rio. *Em cima daquela pedra*, ela fala, e avança em direção à água, equilibrando-se nas pedras menores, até chegar à pedra grande. *Aqui está bom?*, pergunta. *Aí, bem aí*, ele diz, no exato momento em que ela se desequilibra e cai de um jeito absurdo, um escorregão inesperado na pedra. Cai em cima das pedras pequenas, na água, sem soltar um gemido sequer.